KB067584

어머니, 내 어머니

1000통의 감사편지 이후 10년, 새롭게 깨닫는 어머니 사랑

# 어머니, 내 어머니

박점식 지음

올림

감사합니다.

사랑합니다.

죄송합니다.

(이 책의 거의 모든 문장의 뒤에는 이 세 마디 말이 생략되어 있다)

어머니의 아들로 태어난 것은
나에게 무엇보다 큰 행운이었다.

# 어머니, 마르지 않는 감사의 샘

2010년부터 감사일기를 쓰기 시작하여 그해 말에는 아내와 아이들에게 100 감사를 썼다.

회사에서도 감사쓰기가 시작되어 직원들은 고객에게 100 감사를 써서 전달하기도 했다. 직원들의 쉽지 않은 고객 100 감사에 고무되어 감사 조찬모임에서 나는 어머니에게 1000 감사를 쓰겠다고 선언했다. 그렇게 탄생한 어머니 1000 감사가 『어머니』라는 책으로 세상 밖으로 나오게 되었던 것이다.

어머니는 1000 감사가 완성되기 전에 떠나가셨지만 그로부터 다시 10년 가까운 세월을 지내 오면서 어머니에 대한 생각은 더 깊어지고 그리움은 더해만 갔다. 전에는 미처 기억해 내지 못했던 일들이 떠올랐고, 같은 사건 속에서도 미처 깨닫지 못했던 어머니의 큰 사랑을 발견할 수 있었다.

『어머니』 책의 매 단락별로 이렇게 발견한 새롭고 더 깊은 감사의 의미를 기록해서 감사나눔신문에 연재하여 왔는데, 이를 더하여 다시 책으로 내기로 했다.

어머니 감사쓰기는 망각을 되살리고, 당연하다고 여겼던 것들을 되살리는 과정이었으며, 더 나아가 어머니의 위대함을 발견하는 시간이었다. 내 감사의 내재화가 깊어질수록 전에는 보이지 않던 어머니 사랑이 보이기 시작했고, 그 위대함은 더욱 커져만 갔다.

인간에게 망각이 얼마나 소중한 것인지를 새삼 깨달았다. 망각이 없었다면 나는 어머니 사랑의 무게를 견디지 못했을 것이란 생각이 들었다. 내가 감당할 만한 나이가 되고, 감사의 의미도 이해할 정도가 되어서 망각을 되살리는 작업을 할 수 있었던 것이 얼마나 행복한 일인지 모른다. 조금의 과장도 없이 너무, 너무 감사하다.

어머니에 대한 감사는 마르지 않고 솟아나는 샘물 같다. 처음에는 이렇게 많은 얘기를 쓸 수 있으리라고는 생각하지 못했다. 어머니의 사랑이 그렇게 많은 얘기를 담고 있을 줄 몰랐다. 그러나 기우였다. 1000 감사가 아니라 2000, 3000 감사도 쓸 수 있겠다는 생각이 든다.

지극히 내 개인사에 관한 글이지만 세상의 모든 어머니 사랑이 크게 다르지 않을 것이다. 이 책을 읽는 독자들이 자신의 어머니를 떠올리며 감사를 생각하는 기회로 삼을 수 있기를 희망해 본다.

한 발 더 나아가서 나는 과연 내 자식들에게 어머니와 같은 사랑을 주고 있는지 성찰하며 어머니의 사랑을 다음 세대로 이어 갈 수 있는 계기가 되었으면 좋겠다.

이 책이 탄생하기까지 응원해 주고 협조해 주신 사단법인 감사나눔연구소 제갈정웅 이사장님, 감사나눔신문사 김용환 사장님, 이춘선 국장님, 올림의 이성수 대표님, 감사합니다.

저의 부탁에 기꺼이 공감하고 자신의 어머니 감사글을 보내 주셔서 이책을 더욱 풍성하게 해 주신 모든 분들께도 감사의 말씀을 드립니다.

끝으로 사랑하는 우리 가족이 어머니의 사랑을 배우고 실천하여 더욱 행복해지기를 소망합니다.

박점식

2022년 5월

『어머니』 머리말

# 감사, 행복한 변화를 이끌어 내는 힘

쌀쌀맞아 보인다.

날카로워 보인다.

예민해 보인다.

나는 사람들에게서 주로 이런 말을 들었다. 직원들이 결재받으러 내 방에 올 때도 긴장된 나머지 문 앞에서 호흡을 조절한다고 할 정도였다. 대학에서 강의할 때도 내 얼굴이 경직되어 있다는 것을 스스로 느낄 수 있었다. 한마디로 부담스러운 인상이었다. 집에서도 별다를 게 없었다.

"매일 5가지씩 감사하는 일을 적으면 3주 만에 뇌가 긍정적으로 변한다"는 글을 읽고 감사운동에 입문하게 되었다. 그러나 감사운동에 발을 들여놓았다고 해서 모든 일이 기적처럼 술술 풀린 것은 아니었다. 아내는 내가 여전히 가족들에게 상처를 주고 있다면서 감사만 외치면

무슨 소용이냐고, 당신은 이중인격자라고 몰아세우기도 했다. 아들의 평가는 야속할 정도였다. 회사에서도 순탄치 않았다. 나의 일방적인 감사운동에 직원들은 냉담한 반응을 보였다.

나는 원래 끈기라고는 없는 사람이다. 공부는 늘 벼락치기였고, 운동도 시작했다가 금방 시들해져서 꾸준히 해 본 적이 없다. 내 인생 최고로 끈기 있게 해 온 일이 바로 감사일기 쓰기였다. 지난 5년 동안 '무식하게' 감사일기 쓰기를 멈추지 않았다.

어머니에게 드리는 1000 감사를 쓰면서 너무나 행복했다. 어머니가 등 뒤에서 안아 주시는 듯한 뿌듯한 감정을 가슴 깊은 곳에서 느낄 수 있었다. 아내와 두 아이, 그리고 직원들에게 감사편지를 쓰면서 내 자신이 바뀌는 것을 느꼈다.
그 덕분일까. 최근 들어 내 인상이 부드러워졌다고 말하는 사람들이 많아졌다. 오랜만에 만나는 사람들에게서 젊어졌다, 얼굴이 좋아졌다, 편안해 보인다는 말을 자주 듣는다. 몇 달 전에는, 아부가 많이 섞였겠지만, 딸아이한테서 작년보다 더 젊어진 것 같다, 표정이 밝아졌다, 아버지 주위에 뭔가 밝고 기운찬 에너지가 나오는 것 같다는 말을 들었다. 아들한테서는 '같이 있기에 부담스러운 분'이었는데, 지금은 부드러워지고 잘 웃으셔서 좋다는 말을 들었다. 우리 회사에 와 보신 분들은 회사 분위기가 밝다고 말씀하신다. 감사의 효과라고 믿는다.

감사를 알기 이전과 이후 나의 인생은 획기적으로 달라졌다. 나는 학자도 아니고 감사 전문가라고 할 수도 없지만, 감사의 놀라운 힘을 먼저 경험한 사람으로서 아직 감사를 접하지 못한 분들을 위해 어머니에 대한 1000 감사와 아내에 대한 100 감사를 정리해 보았다. 독자들이 감사를 접하는 데 조금이라도 도움이 될 수 있다면 그보다 더 감사할 일이 없겠다.

누구나 감사를 통해 변화할 수 있다고 믿는다.

박점식
2014년 2월

차 례

# 1 이렇게 빨리 가실 줄이야

# 2 어머니는 사랑이었네

# 7 어머니는 늘 사람이 먼저였다

어머니는 늘 사람이 먼저였다 … 176  인간관계의 달인 … 179

아들 친구들에게도 신경 써 주신 어머니 … 180

선생님들과의 관계를 맺어 주신 어머니 … 182

사람을 좋아하신 어머니 … 186

직원들을 고맙게 생각하신 어머니 … 188

어려운 사람들에게 늘 잘해 주신 어머니 … 189

배려하기 어려운 사람까지 배려하신 어머니 … 194

**특별 기고**

나눔을 가르쳐 주신 어머니 | 백경학 푸르메재단 상임이사 … 196

"당당하게, 남을 도우며 살아라" | 조용근 전 대전국세청장 … 197

저도 어머니처럼 살겠습니다 | 전병식 디프산업 대표 … 198

# 8 어머니는 늘 기다려 주셨다

어머니는 늘 기다려 주셨다 … 200  눈감아 주신 어머니 … 201

알면서도 모른 척 … 202  끝까지 아들을 믿어 주신 어머니 … 203

세상이 다 욕해도 … 206  정신이 없으실 때도 … 208

아들의 공부를 기뻐하셨던 어머니 … 210

공부의 길로 이끌어 주신 어머니 … 214

**특별 기고**

어머니, 개나리가 보이시나요 | 최기남 천지세무법인 대표이사 … 218

자식을 위해 늘 기도하시는 어머니 | 지상철 대덕전자 전무 … 219

어머니의 눈물의 기도 | 박대영 전 삼성중공업 사장 … 220

## 모든 것을 주신
## 어머니

50여 년 전, 어머니는 다섯 살의 어린 나를 데리고 혼자 흑산도에 들어 가셨다. 그 시절에는 다들 가난했다고는 하지만, 삶의 유일한 수단이 어머니의 노동이었으니 오죽했으랴. 하지만 어머니는 어려운 환경에 서도 내가 마음에 상처를 입지 않고 자랄 수 있게 해 주셨다. 여자는 약 하지만 어머니는 강하다고 했던가.

이 세상에 자식을 위해 헌신하지 않는 어머니가 어디 있으랴마는, 어머 니가 자신의 인생을 먼저 생각하셨다면 오늘의 나는 과연 어떤 모습이 었을까.

어린 시절 나는 특별한 아이라는 자부심을 가득 안고 살았던 것 같다.
어른이 되어서 그 시절을 회고해 보니 도저히 이해되지 않는 부분이다.
3평도 안 되는 단칸방에 밖으로 부엌을 달아낸 셋방에서 살았고,
어머니가 남의 집에 일하러 가시면 그 집에 밥 먹으러 다니곤 했다. 그
런 것이 부끄럽다고 생각할 수 있었을 텐데,
왜 그렇게 생각하지 않고 마치 특별히 초대받은 아이처럼 생각하고 행
동했을까? 어머니가 나를 그렇게 특별히 생각하고 특별한 대우를 해
주셨다.
하이칼라 머리, 운동화, 덧버선, 선생님들과의 교류 등은 어머니가 만
들어 준 특별한 환경이었다. 그런 것이 내가 자부심을 가지고 살아 올
수 있는 힘이었음을 나이 60이 가까워서야 깨달았다.
어머니의 위대함을 그 시절 어머니 나이보다 더 많이 살고서야 깨닫다
니……

# 1

## 이렇게 빨리 가실 줄이야

어머니,
살아 계셔서 감사합니다




어머니,

어머니께는 고통스러운 시간이겠지만

삶의 끈을 단단히 붙들고 있어 주셔서 감사합니다.

치매로 힘든 시간을 보내고 계실 때도 어머니의 존재는 나에게 너무나 든든한 버팀목이었다. 어머니에게 1000 감사를 쓰기 시작했고 630개를 썼을 때 예상치 못한 빠른 이별의 시간을 맞았다. 장례식을 마치고 다시 631번째 감사편지를 쓸 때 새삼 깨달았다. 어머니가 더 이상 내 곁에 계시지 않는구나! 어머니의 부재가 너무나 크게 다가왔다. 어머니에게 감사편지를 쓰는 느낌이 전혀 달랐다. 눈물의 편지가 이어져서 1000 감사가 완성됐다. 어머니가 건강하실 때 1000 감사를 완성해서 드렸어야 했는데…….

어머니! 게으름 피워서 죄송하고, 그래도 힘들게 버텨 주셔서 감사합니다.

## 아들을 알아봐 주셔서
## 감사합니다

정신이 혼미한 지금도 내가 누구냐고 물어보면 "내 아들" 하고 말씀해 주셔서 감사합니다. 아내가 물어보면 가끔 정신이 돌아올 때마다 "내 며느리"라고 말씀해 주셔서 감사합니다. 어머니, 제가 어머니의 아들인 것에 감사합니다.

병원에서 더 이상 해 줄 것이 없다고 퇴원을 요구하며 요양원을 소개해 주겠다고 했다. 주변분들과 상의를 해봐도 대부분 그렇게 권했다. 그것이 서로를 위해 최선이란다. 많이 망설이다 마지막에 집으로 모시기로 했다. 어머니가 정신이 혼미한 상태에서도 "내 아들" "내 며느리"라고 말씀하실 때 어떤 심정이었을까? 편안하고 뿌듯한 마음이었으리라 믿고 싶다.

# 죽음을 준비하신
# 어머니

어머니는 수의를 미리 준비하셨다. 마침 우리 옆집이 삼베장사를 하는 집이었다. 어머니는 제일 좋은 삼베를 사서 당신 손으로 수의를 만드셨다. 우리는 이해하기 어려웠지만 이렇게 미리 준비해 두시는 것이 든든한 모양이었다. 어머니는 죽음에 대한 준비까지도 철저하셨다.

어머니가 수의를 준비한 시기를 따져보니 지금의 내 나이보다 아래다. 죽음을 바라보는 관점은 다르지만 지금의 나도 생각하지 못하는 깊은 성찰과 행동이 존경스럽다.

# 마지막 가신 길

어머니가 오늘은 일어나셨다. 정신은 여전히 혼미하시지만 몸은 좀 괜찮아지신 것 같아 다행이다.                                    2010. 11. 10

어머니께서 당신 아버지가 보고 싶다고 우신다. 그러다가 집에 데려가 달라고 하신다. 점점 정신이 희미해지시는 것 같다.            2010. 12. 26

어머니가 오늘은 나를 찾으셨다. 기력이 조금 나아지시는 것 같다.

2011.3.12

아침에 청진동 해장국집에 들러 해장국을 사다 드렸더니 맛있게 드셨다.                                                        2011.3.27

어머니 생신을 아무 행사 없이 보낸 것은 처음이었다. 어머니가 아파서 누워 계시기 때문이었는데, 서운했지만 그래도 어머니께서 살아 계시다는 것으로 위안을 삼았다.                                          2011.8.28

어머니가 입을 잘 벌리지 않고 눈도 잘 뜨지 않으신다. 그러나 아직은 식사를 하셔서 다행이다.                                       2011.9.13

어머니의 마음을 생각했다.

요양원 행은 정신이 혼미해도 다 알고 계시고, 서운하지만 포기하고 받아들이신다는 얘기가 떠올랐다. 집으로 모셨다. 내 인생에서 손꼽을 만한 최고의 선택이었다.

집에 오셔서 마지막 가실 때까지 현실적으로도 많이 성가시게 하지 않으셨다. 강인하고 흐트러짐 없는 어머니가 아닌, 아들에게 많이 의지하고 기대는 여리디 여린 한 여인의 모습으로 다가왔다.

어머니는 마지막 가시는 날까지도 아들에게 이런 귀한 시간선물을 주시는구나, 생각했다. 조금 더 일찍 어머니의 마음을 살피지 못했다는 생각에 많은 후회가 밀려 왔다.


어머니의 그 깊은 사랑을 누가 감히 알 수 있을까?

이렇게 빨리
가실 줄이야

어머니가 가셨다.

이렇게 빨리 가시리라고는 생각도 못했는데…….

그래도 임종할 시간을 주셔서 감사하다.

아들 고생시키지 않으려고 그러셨던 것일까.

아들이 집에 없는 날 갑자기 악화되어서

짧은 시간 고생하시고 가셨다.

아내와 1박 2일 일정으로 지방에 가 있었다. 둘째 날 아침에 이상한 느낌이 들었다. 뭔지 모르지만 돌아가야 할 것만 같았다. 이해하기 힘든 결례인 줄 알면서도 동행자에게 양해를 구하고 일찍 귀경길에 올랐다. 서해대교 부근에서 어머니가 위급해서 병원으로 가는 중이라는 연락을 받았다. 전혀 예상하지 못했던 일이다.

병원에 도착해서 어머니와 한 시간 정도 이별의 시간을 가질 수 있었다. 이 모든 것이 어머니가 만든 각본인가? 아들 며느리 고생시키지 않으려고. 그러면서도 마지막 가는 길은 외롭지 않게 아들 며느리 인사받고 가시려고.

# 어머니의 80년

어머니의 생을 크게 구분해 보니

전반부 30여 년은 하의도와 목포에서,

후반부 30여 년은 서울에서,

그리고 그 중간의 18년을 흑산도에서 보내셨다.

전반부 인생은 내가 잘 모르는 부분이고,

그 이후는 오로지 나 하나만을 위해 희생하신 기나긴 시간이었다.

흑산도 생활은 온몸을 혹사하는 육체노동이었고,

서울 생활의 대부분도 오로지 아들을 위한 의지 하나로 버텨 내셨다.

자신의 인생은 돌볼 엄두도 내지 못하셨다.

어머니 팔짱을 끼고 걸어 본 기억이 없다. 어릴 때부터 워낙 무섭게 훈육을 받아서인지 큰 사랑을 느끼면서도 무섭고 어려워서 가까이 다가가기가 어려웠다. 어머니에게는 죄송했지만 그런 느낌이 싫지 않았다. 어머니와의 적당한 거리감 때문에 어쩌면 당신을 더 존경하는 마음으로 바라볼 수 있게 되었고, 어떤 상황에서도 감히 대들 엄두를 못 냈다고 생각한다.

어머니의 인생 대부분은 나로 꽉 채워졌다고 해도 과언이 아니다. 당신 존재의 이유였다. 그런 집념이 그 무수한 시련의 시간들을 이겨낼 수 있게 했으리라. 그런 시간들을 그저 당연한 것으로 받아들인 철없는 아들이었다. 그래도 그 사랑이 손주에게 넘어갈 즈음부터는 당신 스스로에게도 많이 너그러워진 것에 감사하다. 어머니의 80년 인생을 존경하고 사랑하면서 이제야 깨달음에 죄송하고 감사합니다.

# 외로우셨던
# 어머니

어머니는 많이 외로우셨을 것이다.

누군가 말을 걸어 주는 사람이 집에 오면 놔 주질 않으려 하셨다. 나를 포함해서 식구들 모두가 말동무가 되어 줄 만한 성격이 아니었으니까.

의식이 가물가물할 때마저도 어머니는 나를 어려워하셨던 것 같다. 나에게는 별말씀을 하지 않으시면서 간병하는 아주머니에게는 내가 왜 안 오느냐고 찾곤 하셨단다.

막상 가면 아무 말씀도 하지 않으셨다.

어머니는 그냥 아들이 보고 싶었을 것이다.

지금도 가장 후회 되는 것은 어머니에게 살갑게 대하지 못한 일이다. 내 성격 탓도 있지만 어릴 때 워낙 엄하게 커 와서 어머니가 너무 어려 웠다. 어머니는 싹싹한 사람이 찾아오면 그동안 참아 왔던 얘기 보따리를 다 풀어 놓으시며 너무 좋아하셨다. 그런 분이 내가 들어오면 별 말씀이 없으셨다. 못마땅한 일이 있는 것 같을 때도 말씀을 아끼셨다. 어머니는 그런 분이셨다.

병석에 누워 계실 때 곁에서 사소한 일상의 얘기를 해 드렸더라면 조금이나마 덜 외로우셨을 텐데……. 너무 좋아하셨을 텐데……. 아들 언제 오느냐고 늘 찾으셨다는데, 나는 속없이 "무슨 일 있었어요?" 묻고만 말았다. 참 못난 아들이다.

아직은
실감 나지 않지만

장례를 마치고 하루가 지났다.
뭔지 모를 허전함에 머릿속이 텅 비어 있는 느낌이다.      2011.10.2


어머니 사망신고를 마쳤다.
이제는 서류상으로도 마지막 인사를 하고
우리의 가슴속에만 남아 있게 되었다.      2011.10.17

그렇게 어머니는 우리의 기억 속에서도 점점 희미해져 갈 줄 알았다. 그러나 아니었다. 어머니는 가셨지만 1000 감사 속의 어머니는 계속 새로운 모습으로 진화하고 계셨다. 10년 전에는 1000 감사로 어머니를 만나면서 그 큰 사랑과 신뢰를 깨닫게 되었지만 1000 감사 속의 어머니는 시간이 흐르면서 그때는 몰랐던 또 다른 모습으로 나를 감동시킨다.

어머니! 어머니에게 배운 사랑을 아이들에게 전달하겠다는 약속이 점점 버거워집니다. 어머니의 그 사랑의 깊이는 과연 어디까지인가요? 사랑합니다. 어머니!

## 손자가 생각한
## 할머니


동훈이가 하루는

할머니는 50대에는 암사동에서,

60대는 장위동에서, 70대는 방배동에서,

80대는 방배동 재건축된 집에서 사셨다고 한다.

우리 가족의 일인데도

동훈이는 구태여 할머니의 연세와 연결시켜 생각했을까?

동훈이가 아직 할머니를 마음속에 담고 있다는 생각에 흐뭇해졌다.

몸이 불편한 동훈이는 집에서 엄마와 할머니와 함께한 시간이 많았다. 할머니의 각별한 애정을 독차지하면서도 엄마와 갈등하는 할머니에게 서운함도 있었을 것이다. 그럼에도 할머니에 대한 관심과 사랑이 있었기에 할머니의 연세를 거주지에 연결하는 재미있는 이야기를 찾아 낼 수 있었으리라……. 우리 가족 모두가 함께 살아온 장소이지만 할머니를 그 중심에 두고 생각할 수 있는 것은 오직 사랑 말고는 설명되지 않는다. 할머니의 사랑이 손자에게까지 전해짐에 감사하다. 동훈이에게 감사하고 어머니 깊은 사랑에 감사합니다.

# 어머니의 그늘

아내가 어머니를 이해하고 원망의 마음을 누그러뜨렸다.
감사하다고 얘기한다.
어머니는 결코 쉽지 않은 시어머니였다.

아내가 김장을 하면서 어머니 이야기를 많이 한다.
동치미는 혼자서는 처음 담근다면서 맛이 있을까 걱정도 한다.
어머니의 그늘이 얼마나 컸는지를 얘기해 준다.

어머니의 흔적이 너무 많다.

'홀어머니의 외아들'. 지금과는 달리 그 시절 이 말이 무엇을 의미하는 지 대개는 알고 있었다. 그 며느리가 많이 힘들 것이란 점을. 아내가 많이 힘들어했다. 그럼에도 두 사람 사이에서 내가 더 힘들다고 생각했다. 아내가 겪은 어려웠던 일들을 생각하면 미안하고 부끄럽다.

그러나 아내는 어머니가 돌아가신 후 한 번도 원망의 얘기를 하지 않는다. 어머니에게 배운 점을 종종 얘기하며 "우리 어머니. 우리 어머니" 한다.

특히 김장과 관련해서는 지금도 어머니가 했던 그대로 따라 하려고 노력한다. 어머니의 흔적이 큰 만큼 아내의 넓고 깊은 마음에 저절로 고개를 숙이게 된다. 어머니가 지켜 주신 선(線)에 대해 감사하고 미운 정보다는 고운 정에 집중하는 아내가 참 고맙다.

# 시간이 갈수록

부모님 살아 계실 때 잘하라는 지극히 평범한 얘기가
이렇게 사무칠 줄 몰랐다.
시간이 지날수록 어머니의 사랑이 크게 느껴진다.

어머니가 치매 증세를 보이기 시작하자 정신이 번쩍 들었다. 그제서야 미뤄두었던 '어머니 1000 감사'를 쓰기 시작했지만 어머니는 완성까지 기다려주지 않고 가셨다. 어머니가 건강하실 때 시작했더라면 좀 더 생생한 얘기도 들려주면서 참 좋아하셨을 텐데…….

함께 살면서도 늘 우리 불편함만 생각했지 어머니의 마음은 제대로 헤아리지 못했던 것 같다. 어머니는 그 존재만으로도 나에게 위로와 위안을 주는 든든한 버팀목이었는데. 살아 계실 때 잘하라는 그런 평범한 말을 왜 이해하지 못했을까? 좀 더 잘할 걸. 사무치는 후회가 밀려온다.

## 어머니와 흑산도

어머니가 겉으로는 그토록 경원시했던 흑산도가 사실은 애증의 땅이
었음을 알았다. 그 흑산도에 어머니의 뜻을 받들어 노인회관에 기부할
수 있었던 것도 감사할 일이다.

어머니가 마지막으로 흑산도에 가신 것도 마음의 짐을 벗고 싶어서였
을 것이다. 많은 옛 친구들을 만나고 참 좋아하셨다.

내가 흑산도에 갈 때마다 뭐가 좋아서 그리 자주 다니느냐고 타박하셨다. "어머니도 같이 가시지요?" 하고 슬쩍 떠보면 고생한 일 생각하면 끔찍하다고 손사래를 치셨다.

강한 부정은 긍정이라 했던가? 그토록 거부하던 흑산도행을 동의하셨다. 어머니는 곧바로 지인들을 한 사람씩 거명하며 그분의 성품, 신세 진 이야기를 하고 맞춤형 선물 준비에 여념이 없으셨다. 이미 많은 지인들이 세상을 떠나셨고, 남은 분들과의 만남은 마지막 작별 인사가 되었다. 어머니는 큰 숙제를 마친 사람처럼 한이 서린 흑산도를 당신의 마음속에서 자유롭게 놓아 주신 표정이었다. 그제서야 흑산도에서 힘들 때 도움 주셨던 분들을 되새기며 감사의 마음을 표출하셨다.

얼마나 힘드셨습니까? 이제야 어머니의 수고로움이 그려지네요. 편히 쉬세요. 어머니!

# "네 옆에는 내가 있지 않으냐!"

김정자
성정문화재단 이사장

설 명절에 어머니는 갑자기 요양원에서 임종을 맞으셨다.

지금 생각해도, 마지막을 못 본 아쉬움과 병상에서 딸을 바라보던 눈빛이 아직도 선하여 죄송한 마음 금할 길이 없다. 그때마다 천국에 계실 어머니 모습을 상상해 보며 스스로 위로를 해본다

새벽부터 저녁까지, 뭐 그리 사는 게 바빴을까?

아침에 나가면 한밤중 새벽이 다 된 시간에 집에 돌아와 밥 먹기도 바쁜 일정 속에서 두 아들을 길렀다. 힘든 육아의 과정에 어머니의 손길이 늘 힘이 되었다. 아이들의 할머니이자 어머니 역할까지 하시고, 손주들의 대학 입학, 졸업식에도 기꺼이 함께하셨다. 딸을 위해 힘들다 아니하고 필요한 곳에 도움을 주신 그 손길…….

돌이켜 보면 감사가 넘친다.

바쁜 일정으로 힘들어할 때는 "네 옆에는 내가 있지 않으냐!" 하셨다. 어머니의 헌신은 큰 힘과 위로가 되었다. 덕분에 아들들은 어머니보다 할머니에 대한 추억이 많아 할머니를 그리워한다.

# "어머니, 고맙습니다!"

권기찬
한국문화예술회관연합회 이사장, 경영학 박사

코마 상태로 5개월을 병상에 계셨던 어머니가 부르시는 것 같아 유럽 출장에서 하루 일찍
돌아오자마자 병원으로 뛰어가서 손을 잡았더니 감사하게도 아들에게 잠깐 미동을 보이시
고는 명을 놓으셨습니다. 10년 전의 일인데도 여전히 당시 어머니의 모습은 생생한 기억으
로 남아 있습니다. 평생을 다해도 못 다할 말씀이 "어머니 고맙습니다!"입니다.

어머니는 저의 요구에 한 번도 안 된다고 하신 적이 없었습니다. 제가 후일 자식을 키우며,
건강하게 잘 자란 아이들인데도, 그들의 요구를 거절할 때가 더러 있었습니다. 그때마다
지난날 어머니가 보여주신 사랑과 아량에 감사하며 그리움으로 가슴이 따뜻해집니다.

60년을 어머니의 사랑과 함께 세상을 살 수 있어서 더없이 고맙고 행복했습니다.

# 자식을 위해 새벽에 기도를 하시던 어머니

안평래
이건테크놀로지 회장

### 엄마의 종교

다섯 살 때 집앞에서 추락사고로 머리를 크게 다쳐 사경을 헤매는 나를 안고 천주님께 간절히 기도하셨단다. 귀하게 얻은 자식 살려달라고 한 시간 반 정도 거리의 노 젓는 배 안에서…….

그 후 엄마는 하늘나라 가시는 날까지 천주님과 함께하셨다.

### 엄마의 기도

고교시절 겨울방학 때 어둠이 가시기 전, 새벽 잠결에 엄마의 기도 소리를 들었다.

나의 건강과 잘 성장해서 좋은 사람 되게 해달라고. 나의 사고 후 매일 거르지 않고 하시는 기도라신다. 아마 하늘나라 가시는 날까지 하셨을 것이다. 아니 지금도 하시겠지…….

### 불우이웃

추운 겨울 전등불도 없는 시절, 엄마는 가끔 깜깜한 밤에 고구마 한 소쿠리를 담으라 하시고는 밖에 있는 누군가에게 건네 주셨다. "엄마 밝은 낮에 하시지 왜 깜깜한 밤에 이렇게 하세요"라고 물었더니 친척도 어려운데 저 집은 3일 정도 끼니를 제대로 못 챙겼을 거라 하셨다. 나는 엄마의 마음을 담아 불우이웃돕기에 참여한다.

# 2

어머니는 사랑이었네

## 목숨보다 더 아들을 사랑하신
## 어머니

내가 중학교 2학년 때 흑산도 무장공비 사건이 터졌다.

조명탄이 터지고 포격 소리가 요란했다.

이불 속에 웅크리고 있을 때, 어머니는 문에는 이불을 덧씌우고 나에게는 이불을 더 꺼내 덮어 주셨다.

그리고…… 당신은 이불 밖에서 기도하셨다.

새벽에 갑자기 섬광이 번쩍이며 포격 소리가 요란했다. 전쟁이라고 생각했다. 전쟁을 겪어 본 당신의 공포가 더 심했을 텐데도 아들의 안위만 걱정하느라 솜이불로 문을 가리고 두겹 세겹 덮어 주고 이불 밖에서 기도하시는 50대 여인의 모습을 그려 본다. 한없이 위대하고 감사하다. 우리 모두의 어머니 모습이다.

# 차라리
# 내가 아프고 말지

수면무호흡증 때문에 수술을 받았다.
내가 너무 고통스러워하자 어머니는 "차라리 내가 아프고 말지, 못 보
겠다" 하시며 안쓰러워하셨다.

내가 살아 오면서 기억나는 병력은 어릴 때 손 부위 동상, 결혼 전 허리
디스크, 나이 들어서 수면무호흡증이 있다. 그때마다 어머니가 나에게
보여 주신 모습이 생생하다. 앞의 두 증세에는 시중에서 좋다는 민간요
법은 다 알아내서 시도해 보자셨다. 처음에는 시큰둥했지만 결과적으
로는 모두 어머니가 옳았다. 수면무호흡증은 병원에서 수술을 받아야
했기에 당신이 할 일이 없으셨다. 다만, 수술 후 엄청난 고통에 시달리
는 나를 지켜보다 차라리 당신이 아프고 말지 볼 수 없다며 나의 고통
을 당신의 고통으로 받아들이셨던 모습이 생생하다.

# 네가 아픈 건 못 본다


디스크가 심해서 유명하다는 병원을 전전했다.

어머니는 어디서 얻으셨는지 엄청난 정보를 수집해 오셨다.

금침이니 지압이니 이런저런 분야에 용하다는 집을 알아 오셔서 치료를 받아 보라고 권하시는데, 나는 믿음이 가지 않아 거부했다.

어머니는 서운한 기색이 역력했지만 꾸준히 설득하셨고, 나도 병원 치료에 한계가 있음을 깨닫고서야 지압 치료를 받았다.

결과는 기적 같은 완치였다.

어렸을 때는 동상에 걸린 내 손을 낫게 하시려고 온갖 약을 구하려 애쓰셨다.

명절에 동네에서 소를 잡으면 어떻게 해서든 소 내장을 구해서 동상에 특효라고, 거기에 손을 담그라고 하셨다.

그때는 정말 싫었는데…….

어릴 때부터 몸이 약해서 어머니는 뭔가를 끊임없이 먹으라고 준비해 주셨다. 꿀, 인삼, 흑산도 자연산 약초 등. 그때마다 먹기 싫다고 떼쓰고 요령 피워서 어머니 마음을 많이 상하게 하기도 했다.

겨울방학이면 뜨거운 약초물에 동상 걸린 손을 담그라고 할 때가 있었다. 빨리 놀러 가고 싶어서 친구를 불러 찬물을 섞어 놓고 "끝났다" 외치며 뛰쳐나가곤 했는데, 어머니가 그걸 모르셨을까? 그래도 눈 감아 주셨다.

그때 어머니가 시키는 대로 다 하지 않은 것이 후회된다. 성인이 되어서 이렇게 건강할 수 있는 것은 모두 어머니 덕이다.

# 귀한 아들
배고플세라

저녁에 잠이 들면 어머니는 늘 내 머리맡에 삶은 고구마 바구니를 놓아 주셨다.
내가 아침에 눈 뜨면 배고플까 봐.

그 시절 흑산도에서 점심은 대부분 고구마로 해결했다. 아침에 일어나서 기지개를 켜려고 팔을 위로 뻗으면 고구마 바구니가 손에 닿았던 기억이 생생하다. 어머니가 늘 손 닿는 곳에 고구마를 두었던 것이다. 이처럼 고구마는 우리의 주식이자 간식이었다. 어머니는 철따라 자연에서 나오는 간식도 챙겨 주셨다. 잣밤(구실잣밤나무 열매). 뻘뚝(보리수). 홍시. 정금(머루). 멍(멍나무 열매) 등등.
어머니의 정성과 따뜻한 배려가 새삼 그립다.

# 어머니는
## 짜장면이 싫다고 하셨지

귀한 먹거리가 있으면

어머니는 반드시 챙겨 두었다가 나에게 주셨다.

맛있는 음식을 먹을 때면

습관적으로 나에게 음식 그릇을 밀어 놓으셨다.

어머니 많이 드시라고 해도

어머니 말씀은 늘 똑같았다.

"난 많이 먹는다."

어머니가 흑산도를 떠나올 때 산더덕을 여러 뿌리 살려서 가져오셨다. 그것을 여러 해 동안 화분에 키워 가면서 나에게만 더덕 요리를 해주셨다. 아무 생각 없이 받아 먹으며 "웬 더덕이 이렇게 많아요?" 했다. 이제 생각해 보니 당신은 드시지 않고 특별한 날 나만 챙겨 주셨던 것이다.

흑산도에서는 멸치배가 들어오면 어머니는 멸치 운반하러 나갔다가도 귀한 큰 멸치를 구해 와서 구워 주셨다. 그 맛과 어머니의 정성은 지금도 기억이 생생해서 봄이면 부산 기장에 내려가 멸치구이를 맛보는 추억여행을 하고 있다.

어릴 때는 홍시, 구호물자로 나온 분유가루, 꿀, 명절에만 만날 수 있는 고기나 떡 같은 귀한 먹거리를 챙겨 두었다가 나에게만 주셨던 기억이 난다. 그 당시는 당연한 일로 치부하고 잊고 지냈다. 이제야 기억을 더듬어 보니 어머니의 그 정성이 새삼 눈물겹다.

## 고운 자식
## 매 한 대 더?


중1까지는 동네에서 매를 제일 많이 맞는 아이였다.

어머니의 사랑과 한(恨), 나의 고집 때문이었다.

중2가 되자 매를 내려놓고 말씀으로 나무라기 시작하셨다.

매보다 열 배는 더 아팠다.

차라리 때려 달라고 했다.

내가 왜 맞는지 이해하지 못했다. 어머니가 매를 들면 주변에서 도망가라고 해도 꼿꼿이 앉아서 내가 뭘 잘못했느냐며 고스란히 그 매를 다 맞았다. 나중에야, 어머니도 화가 나서 더 때리기도 했겠지만 처음에 매를 든 이유가 나는 궁금했다. 어머니와 나의 눈높이가 달랐던 것 같다. 어머니는 어린 나에게 너무 많은 것을 요구했다. 그 중 대표적으로 애비없는 후레자식 소리를 듣지 말아야 한다 했고, 나는 그것이 부당하다고 생각했다. 다른 아이들보다 품행이 특별히 나쁘지도 않은데 지레 그런 걱정을 하며 행동해야 하느냐는 철없는 항변이었다. (그런데 아들에게서 이런 어린 나를 발견하고 깜짝 놀라며 쓴웃음을 지은 적이 있다.)

중2 때 매를 놓고, 중3 때부터는 더 많이 어긋난 나를 아무 말씀도 없이 믿고 기다려 주셨다. 믿고 기다리는 시간 속에서 어머니의 갈등이 얼마나 컸을까, 생각해 본다. 나 같으면 어림없는 얘기다. 그 믿음이 오늘의 나를 만들어 주었다고 생각한다.

# 어머니가 기쁘셨던
## 진짜 이유

어머니와의 마지막 제주도 여행 때

내가 직접 차를 몰아

평소 가 보지 못했던 구석구석의 명소와 맛집을 찾아다녔다.

어머니는 무척이나 좋아하셨다.

그런데 어머니가 정말 기쁘셨던 이유는,

내가 운전하느라 술을 마실 수 없기 때문이었다.

제주도 가족여행 도중 엄청난 비가 내렸다. 오후 일정을 취소하고 호텔로 들어갔다. 어머니는 여행 일정이 중단됐는데도 서운한 기색이 전혀 없으셨다. 이분에게는 구경보다는 손주를 포함한 가족과 함께 있는 자체가 즐거움이다

드시고 싶은 것, 가 보고 싶은 곳을 여쭈어도 "너 알아서 해라. 나는 다 좋다!" 하셨다.

"뭐가 그리도 즐거우세요?" 했더니

"자네가 모처럼 운전 때문에 술을 마시지 못하니 더 이상 좋을 수가 없다네." 하신다.

여행의 즐거움보다는 아들의 건강에 좋은 일이 더 즐겁다는 어머니! 그때는 농담도 잘하신다며 무심코 넘겼는데, 그게 농담이 아니었음을 한참 나중에야 깨닫게 됐다.

# 아들을 자랑스럽게 생각하신
# 어머니

목포에서 열리는 백일장에 초등학교 대표로 나가게 됐을 때 나보다 더 기뻐하시고 이것저것 챙겨 주셨다.

그런데 바람이 심하게 불어 배가 출항하지 못했다. 나는 바닷가에 나가 대성통곡을 했다. 어머니도 나 못지않게 서운해하시며 위로해 주셨다.

회갑잔치 하던 날 내 손님이 많이 오시자 너무 기뻐하셨고, 집에 돌아와서도 잔치를 이어 가자고 많은 분들을 집으로까지 이끄셨다.

원인 모를 설사가 계속되어서 고생하던 중 친하게 지내는 강동성모병원 원장에게 부탁하여 특실에 모시고 전담 간호사를 붙였다. 동네 친구분들이 다녀가자 거짓말처럼 나으셨다.

아마 아들을 자랑하고 싶었고, 그것을 인정받자 병까지 나으셨던 것 같다. 어머니의 모든 생각의 중심은 나였다.

앞의 사례는 어머니 1000 감사를 쓰면서 떠올랐던 몇 가지 생각들이다. 아들을 자랑스러워하고 참 좋아하셨던 기억으로 남아 있다. 그 후 이해할 수 없었던 어릴 때 기억 하나가 생각났다.

어머니가 남의 집 일을 하러 가실 때면 나는 그 집에 가서 저녁을 먹었다. 밥 얻어 먹으러 간다고 생각하면 창피할 수도 있는 일인데, 그 당시는 물론이고 성인이 되어서까지 한 번도 그 일이 부끄럽다고 생각해본 적이 없었다. 왜 그랬을까? 이제야 수수께끼가 풀린다.

나는 가는 집마다 밥이나 얻어먹는 천덕꾸러기가 아니었다. 어른들로부터 칭찬과 함께 특별한 대접을 받았다는 기억이 남아 있다. 그 당시 시골 인심이 좋기도 했지만 어머니가 가시는 곳마다 나를 최고의 아들로 포장해 주었기에 집주인도 그렇고 나도 그런 대접이 당연한 것으로 받아들여졌던 것 같다. 아들을 자랑스럽게 생각하고, 당당하게 키워준 어머니 감사합니다.

## 아들이 아무리
## 나이가 먹어도

내가 퇴근 시간이 늦으면 잠 못 이루고 걱정하시는 바람에

아내가 마음 편히 자기가 어렵다고 한다.

내 나이 쉰이 넘었는데도…….

아내에게는 늘 미안했다. 나는 늦을 거 같으면 기다리지 말고 일찍 자라고 했지만 어머니께서 "너는 걱정도 안 되냐? 마음 편하게 잠이 오냐?"며 한마디씩 하시면 마음 편히 잘 수가 없었을 것이다. 그러나 어쩌랴, 어머니에게는 언제까지나 내가 물가에 내놓은 아이인 것을……. 그 마음이 아이들이 크면서 조금은 이해가 되지만 어머니 마음에는 미치지 못함을 느끼곤 했다. 그때는 그러지 마시라고 했지만 어머니의 그늘 속에서 살던 그 시절이 그리워진다.

결혼 후 아내가 얘기해 주어서야 어머니의 걱정하는 마음을 알게 되었다. 그럼에도 감사를 만나기 전까지는 오히려 쓸데없는 걱정을 한다고 짜증을 부리곤 했다. 얼마나 서운하셨을까?

평생 아들만 바라보며 행여 잘못될세라 노심초사하신 어머니의 마음을 제대로 헤아리지 못한 죄스러움에 가슴이 미어진다. 어머니의 큰 사랑에 다시 한번 머리를 숙입니다.

# 어머니의
# 손주 사랑

아들 동훈이가 태어나자 어머니의 삶의 목표가 바뀌었다.

나에게서 동훈이에게로.

동훈이는 두 돌도 지나지 않아 희귀병인 근위축증이라는 진단을 받았다. 주사를 너무 많이 맞아 더 이상 바늘 꽂을 곳이 마땅치 않았다. 어머니는 간절히 기도해 주셨다. 어머니는 극진히도 동훈이를 사랑해 주셨다. 손주 사랑을 표현하는 방법이 서툴러서 갈등도 있었지만.

동훈이가 초등학생 시절 걸음이 서툴러 잘 넘어지자 노심초사 등하교 길을 많이 챙겨서 데려오시곤 하였다.

아들 하나 더 낳으라고 독촉하실 줄 알았는데, 예상외로 별말씀이 없으셨다. 역시 속이 깊으신 분이다.

몸에 좋다는 것이 있으면 늘 동훈이를 생각하셨다. 동훈이에게 고단백 식품이 좋다고 해서 민물장어를 사다가 즙을 내서 먹이는데, 밖에서 하는 것은 믿지 못한다며 일일이 직접 달이셨다.

어머니는 수현이에게 모든 걸 오빠한테 양보하라고 하셨다. 수현이는 많이 속상했을 것이다. 나도 너무 그러지 마시라고 했다. 단순히 아들 선호 때문이라 생각했는데, 사실은 아픈 동훈이에 대한 배려였다. 아이들에게 따뜻하고 편안한 할머니로 인식되지 못한 데 대해 늘 안타까워 하셨다.

그러나 그것은 그분만의 사랑 표현이 아이들에게 제대로 전달되지 않아서일 뿐, 누구보다 더 손주들을 사랑하셨다.

늘 어머니의 사랑을 느끼며 살아 오면서도 평생 어머니가 무섭고 어려웠다. 한 번도 어머니에게 큰 소리로 대들어 본 적이 없다. 어릴 때부터의 엄한 교육 때문이리라. 뒤늦게 1000 감사를 쓰면서야 그 사랑의 크기와 무게를 구체적으로 실감했으니, 그전에는 서운한 점도 많았다.

동훈이와 수현이도 이제는 할머니의 깊은 사랑을 이해할 것으로 믿는다. 어머니의 손주 사랑은 자식 사랑보다 당연히 컸을 테니까. 다만 내가 느꼈던 것처럼 아이들도 할머니가 어렵고 무서웠을 것 같다. 그것이 할머니의 방식이고 진짜 큰 사랑인데…….

어머니 걱정 마세요. 아이들도 이제는 할머니의 큰 사랑을 깨닫고 얘기한답니다.

# 어머니의
# 가족 사랑

외할머니가 아프실 때 옆에서 보기가 안쓰러울 정도로 애태우시고 기도하시던 모습을 보았다. 어머니에게 어떻게 해야 하는지를 내게 몸으로 가르쳐 주신 것이다.

용돈을 드려도 결국은 식구를 위해서만 쓰셨다.

장을 보시는 것도 늘 가족들의 건강에 좋은 물건 위주였다.

어린 시절 어머니로부터 외할머니에 대한 말씀을 참 많이 듣고 자랐다. 그래서였을까? 방학 때 외할머니를 처음 뵈러 갔을 때 '어쩌면 상상 속의 할머니와 똑같지?' 했던 기억이 남아 있다. 그래서인지 그때 잠깐 뵀던 외할머니가 매우 오래도록 좋은 기억으로 남아 있었다.

어머니가 보여주신 할머니에 대한 존경과 사랑은 그대로 나에게 이어지고 다시 우리 아이들에게도 이어지리라 믿는다.

# 유별난
# 친척 사랑

어머니의 친척 사랑은 유별나셨다.

어려서 외가에 갔을 때 외할머니와 외숙부, 외숙모, 사촌들이 너무 반갑게 맞아 주었다.

따뜻한 외가에서 처음으로 가족의 소중함을 느꼈다.

어쩌다 만난 친척들도 한결같이 나에게 보내는 시선이 참 따뜻하다는 느낌을 받았다. 다 어머니 덕이리라.

어머니는 내가 많은 친척들과 교류할 수 있도록 해 주셨다.

사촌들끼리도 서로 모르고 지내는 사람들이 많은데 나만 유일하게 친척들을 다 안다.

어머니 칠순 때 외숙이 마지막으로 우리 집에 다녀가셨다.

어머니의 동생에 대한 안타까움,

뭔가 더 해 주지 못한 아쉬움, 이런 것이 역력해 보였다.

내가 목포에 갈 때마다 어머니의 관심사는 외숙한테 들렀는지,

용돈은 얼마나 드리고 왔는지였다.

나에게는 그것도 스트레스였지만 그랬기에 반드시 외숙에게 들를 수

밖에 없었다.

나의 도리를 다하게 해 주신 것이다.


잘나가던 외숙이 경제 활동을 못하고 빚만 남았을 때도 어머니는 그 당

시 형편이 어려운 나에게 빚을 대신 갚아 달라고 하셨다.

한마디 원망도 없이…….

당시에는 이해할 수 없었지만 이젠 조금 이해가 된다.


하의도 큰숙모님이 편찮으셔서 목포에 있는 친구 병원으로 이송하도

록 하고 병원비는 내가 부담한다고 하자 어머니는 너무 좋아하셨다. 어머니는 이렇게 내가 누군가를 도와주는 것을 좋아하셨다.

어머니는 잘사는 조카보다 어렵고 못사는 조카들에게 늘 관심을 보이셨다. 조금이라도 도움이 되는 일이 있으면 챙겨 주려 애쓰시곤 했다. 내가 그런 조카들에 대해 서운한 얘기를 하면, 너는 혼자 살 수 있는 줄 아느냐며 화를 내셨다.

친척들에 대한 각별한 처신은 다 나를 위한 것이었다. 방학 때마다 친척집에 다니는 것은 다른 아이들도 다 그렇게 하는 줄 알았다. 아니었다. 더구나 큰 이모댁, 작은 이모댁, 외삼촌댁에 골고루 보내 주신 것은 어머니만의 깊은 배려였다.

## 고향을 만들어 주신
## 어머니

어머니는 흑산도가 그렇게 좋으냐며 나를 타박하셨다. 당신에게는 고생의 악몽이 떠오르는 장소이지만, 나에게는 꿈같은 추억이 있는 장소라서 다를 수밖에 없다.

아름다운 흑산도를 나의 고향으로 만들어 주셔서 이렇게 좋은 느낌으로 고향을 떠올릴 수 있으니 이 또한 어머니께 감사할 일 가운데 하나다.

흑산도는 내가 태어난 곳은 아니다. 그러나 나의 어릴 때 기억은 그곳에서 시작되었고 사춘기를 보낸 곳이기에 단 한순간도 다른 곳을 고향이라고 생각해 본 적이 없다. 그곳에서 산천과 교감하고 별들과 대화하고 풀잎과 속삭이며 자연의 심성을 닮아 갔고 동무들과 어울리며 살아왔다. 나의 내면을 풍요롭게 만들어 준 고마운 곳이다.

하지만 어머니에게는 기억하기도 싫은 삶의 팍팍한 터전이었을 뿐 당신의 고향도 아니었다. 한때는 일찍 도회지로 나오지 못하신 어머니를 원망할 때도 있었다. 이제 철이 조금 들었나 보다. 흑산도를 고향으로 만들어 주신 어머니가 너무 감사하다.

# 어린 시절의 추억

여섯 살 때였다던가? 동네 어른들 노는 데 따라가서 방 가운데 놓인 막걸리 대야에서 막걸리를 떠먹다 취했단다. 나도 기억이 난다. 그런 모습조차도 예뻐서 놔두었을까? 어른들의 귀여움을 많이 받았다는 느낌이 있다.

어머니가 바지락 캐던 날, 나는 바다에 들어갔다가 꽃게에 물려 점점 깊은 바다로 울면서 끌려갔다. 뒤늦게 어머니가 보시고 놀라서 허겁지겁 뛰어오시고 어른들을 나에게 보내 꽃게를 떼어 주었다. 그때의 당황하신 어머니 모습이 생각난다.

중학교 때 비금 이모님 댁에 갈 때면 사복을 입고 배를 탔다가 비금에 내린 다음에 교복으로 갈아입었다. 초등학생인 척해서 반액 할인으로 탈 수 있기 때문이었다. 그 당시는 창피하기도 했지만 이제 생각하니 얼마나 형편이 어려웠으면 그렇게까지 했을까 하는 생각이 든다.

지금 생각해 보면 어머니는 늘 일손을 놓지 않으셨다. 그렇게 바쁜 중에도 나와 함께해 주셨던 많은 일들을 떠올리면 감동할 수밖에 없다.

연 만드는 종이와 대나무 구하러 다니던 일,

바지락, 대합, 맛조개 캐러 가던 일, 눈썰매 만들어서 밀어 주시던 일, 동네에서 소 잡는 날은 오줌통 구해서 공놀이 하게 해 주신 일, 제기 만드는 엽전과 습자지 구해 주신 일 등등…….

대신 대부분 친구들이 하던 땔감 나무하는 일은 한 번도 시키지 않으셨다. 방학이면 멀리 사는 큰이모, 작은이모, 외가 등에 보내 주셨다. 늘 혼자였던 나에게는 사촌들과 어울리는 시간이 너무나 즐겁고 소중했다. 사촌이라도 만나지 않으면 멀어지는데 이때의 시간들이 지금까지도 가깝게 지내는 계기가 되었다고 생각한다.

어머니의 깊은 사랑과 원려를 헤아려 봅니다.

# 소중한 추억을 만들어 주신
# 어머니


쉴 틈 없이 바쁘게 일하러 다니시는 중에도 흑산도 배낭기미 해변에 나가 바지락을 캐 와서 반찬을 해 주셨다. 나도 가끔은 따라가서 맛도 잡고 꼬막도 캐곤 했다.

추석이면 어머니와 함께 송편을 만들었다. 어머니는 작고 예쁘게 만들면서도 아주 손이 빠르셨다. 송편을 예쁘게 만들면 예쁜 딸을 낳는다고 하여 나도 예쁘게 만들려고 애를 썼다. 어머니께서는 나에게 그렇게 느려서 어느 세월에 다 만드느냐고 핀잔하셨다.

바지락, 꼬막, 맛을 캐고 송편을 만드는 일은 누구나 다 해 본 일인 줄 알았다. 두 식구만 있는 집에서는 생략할 수 있는 일이었지만, 어머니는 나에게 소중한 경험을 선물해 주고 싶었다고 하셨다. 그때 만든 예쁜 송편 덕분에 예쁜 딸이 얼마 전 결혼했답니다. 감사합니다. 어머니!

# 어머니, 모든 것이 어머니 덕분입니다

이의현
대일특수강 대표이사

제가 중학교 3학년 시절 가난으로 등록금을 납부하지 못하여 1학기 중간고사를 보던 중 담임선생님이 시험장에 들어오셔서 등록금 납부 안 한 사람은 시험 볼 자격 없다면서 내 귀를 잡아 끌어 교실 밖으로 내몰았다. 햇살이 따가운 봄날이었다.

집에 돌아가니 어머니는 남의 논에 모 심으러 가고 안 계셨다. 그때는 지금처럼 농약을 사용하지 않아 논에 거머리가 많아 다리에 달라붙어 피를 빨아 먹었다. 젊은 어머니로서는 분명 쉽지 않은 일이었겠지만 하루하루 남의 집 모를 심어주고 품삯을 받아 나와 동생의 등록금을 대주셨다. 그때 어머니 나이가 33세로, 시집오기 전에 그런 험한 일을 하여본 적이 없는, 딸만 셋 있는 집의 둘째셨다. 척박한 환경에서 어떻게든 자식 공부시키겠다는 생각으로 힘든 시간을 견디어 내셨다.

지금 되돌아보면 어머니의 그런 고통과 자식 교육에 대한 열의가 없었다면 내가 어떻게 계속 공부할 수 있었을까? 이 아들은 그 시절을 기억하고 감사하게 생각하며 도전하고 도전하여 경영학 박사 학위를 받아 대학교수로 21년, 기업 경영자로 39년을 봉사할 수 있었다. 그 은혜 어떻게 잊을 수 있는가?

# 꽃의 아름다움을 가르쳐 주신 어머니

이지연
방송인

다섯 살 늦둥이 막내딸과 뒷마당 한 뼘을 파서 장다리 노란꽃 따서 묻고 유리조각 덮어 주며 "땅속에 꽃이 폈네~ 우리 막내처럼 예쁘다" 하셨던 마흔다섯살 어머니는 막내딸의 꽃밭 소꿉 친구였습니다. 꽃이 예쁘다는 것을 처음 가르쳐 주신 어머니, 올해도 봄꽃 사다 심으며 그리워합니다.

어렸을 적, 모두 끼니 걱정하며 어려울 때 어머니는 밥 지으실 때마다 쌀 한 줌씩 퍼서 자그마한 항아리에 모으셨습니다. 쌀이 소복하게 모아지면 한 해 터울 다섯 아이 키우며 힘겹게 사시는 옆집 부엌에 살그머니 갖다 놓으시곤 했습니다.

사람 사는 방법을 가르쳐 주신 어머니. 감사합니다.

늦둥이 막내딸은 늘 병약해 어머니가 지극정성 달여주신 탕약으로 온전한 사람이 됐습니다.

뜨거운 여름이나 추운 겨울에도 숯불 난로에 약탕기 올려놓고 불이 꺼질세라 지켜 앉아 부채질하시던 어머니의 사랑이 138일 동안 이어졌던 '이산가족 찾기' 생방송을 이어 갈 수 있었던 강단 있는 건강을 만들어 주셨었습니다.

어머니!

# 새롭게 알게 된 어머니 사랑

강대희
전 포스코 휴먼스 대표

지난 2012년 여름, 어머님이 뇌출혈로 갑자기 쓰러지셨다. 며칠 동안 밤새워 어머님께 드리는 200 감사를 작성하여 어머님 영정에 올려 드렸다.

어머님 영정을 지키던 새벽, 세 명의 동생들이 '어머님께 드리는 200 감사' 앞에서 울고 있었다. 특히 나와 10년 터울인 막내 여동생은 어머님의 사랑을 새롭게 알게 되었다며 200 감사 글을 몇 번이나 다시 보며 울고 있었다. 장남인 나와 2년~10년 차이가 있다 보니 동생들의 입장에서는 미처 알지 못했던 자신들의 영유아기 시절 어머님의 생활과 사랑을 새롭게 느꼈기 때문이었다.

그날 이후 지금까지 우리 형제들은 서로에 대한 감사와 긍정, 배려의 마음을 더욱 귀하게 여기며 살아가고 있다. 다만 어머님이 생존해 계셨을 때 감사의 글을 드리지 못한 것이 지금도 후회가 되고 아쉬움이 크게 남아 있다.

60대 후반의 노년기를 살아가면서 생각해 보는 것은, 바로 지금! 서로에게 감사함을 표현하고 살아가는 것이 무엇보다 소중하다는 것이다. 가족들에게, 친구들에게, 이웃들에게, 자연에게! 바로 지금! "감사합니다" "사랑합니다"라고 표현하는 것을 생활화, 습관화하려고 계속 노력하고 있다.

# 3

어머니는 찬밥을 드셔도 되는 줄 알았다

# 어머니는 찬밥을 드셔도
## 되는 줄 알았다


찬밥이 있으면 당신이 드시고

나에게는 늘 새로 지은 밥만 주셨다.

나는 그것이 당연한 일인 줄만 알았다.


방학 때 내가 흑산도에 들어가면

그 바쁜 중에도

내 밥만은 새로 지어 주시려고

밖에서 일하시다가도 헐레벌떡 뛰어오셨다.

늘 따뜻한 밥만 먹었던 기억이 있다. 저녁에 늦게 들어간 날은 이불 속에서 따뜻한 밥을 꺼내 주셨다.

이제 생각해 보니 그 시절은 전기밥솥이나 압력밥솥도 없던 시절이라 한 그릇 밥 짓기가 쉽지 않았을 것이다. 두 식구만 사는 집이라 밥을 지으면 찬밥이 생길 수밖에 없었을 것이고.

겸상을 차려 어머니와 마주 앉아 식사를 한 기억도 별로 없다. 따뜻한 밥과 좋은 반찬은 늘 내가 먼저였다. 먹다 남긴 반찬도 내가 좋아 하는 것이면 당신은 입도 대지 않고 다음에 또 내주셨다. 내가 상을 물리면 어머니는 그제서야 대충 식사를 하셨던 것 같다. 그것이 당연한 것인 줄 알았다. 어머니는 뭘 드시는지, 찬밥을 드시는지도 잘 몰랐다.

참 많이 부끄럽다. 그렇게 어머니의 존중과 사랑을 한없이 받았음에도 나는 어머니를 의무가 아닌, 정성을 다해서 모셨던 걸까? 많이 부족했다.

# 어머니의
# 특별 대우 1

소풍 날이면 내 도시락은 남달랐다. 정성을 다해 싸 주신 도시락은 친구들 앞에서 꺼내기가 멋쩍을 정도였다.

내가 체기가 있을 때는 그 시절 엄청 귀했던 참기름을 한 숟갈씩 먹여 주셨다. 효능은 모르겠지만 이거면 밥을 몇 그릇 비벼 먹을 수 있는데, 하는 아까운 마음만 들었다. 그 당시 내게 제일 맛있는 음식이 왜간장에 참기름 넣고 비벼 먹는 밥이었으니까.

겨울이면 감을 항아리에 보관했다가 홍시를 만들어 하나씩 꺼내 주셨다. 동네 집집마다 감나무가 있지만 종자가 좋아서 특별히 맛있는 감이 열리는 집이 있었다. 어머니는 그 집 감은 어떻게든 구해서 나에게 주셨다.

소풍 도시락, 참기름, 홍시……. 그것은 그냥 음식이 아니었다. 그것은 어머니의 깊은 사랑이었다. 이제라도 어머니의 큰 사랑을 깨달을 수 있어서 너무 행복하고 감사하다.

# 어머니의
# 특별 대우 2

먹는 것뿐이 아니었다.

결코 넉넉지 못한 살림에도 추석이나 설이면 어머니는 가능한 한 새 옷을 사 주셨다. 헌 양말 한 짝도 표나지 않게 예쁘게 꿰매 주셨다. 옷이 잘 해지던 시절이라 무릎이나 팔꿈치에는 미리 천을 덧대주셨는데 그 것도 다른 애들과는 달리 대충 하는 것이 아니라 예쁘게 꾸며 주셨다.

초등학교 시절 다른 아이들은 빡빡머리가 많았다. 나는 중학교 들어갈 때까지 하이칼라 머리를 하고 다녔는데, 어머니가 나를 이발관에 데려가서 원하는 머리 스타일을 요구하셨다.

신발도 운동화를 주로 신었다. 아마 그래서 내가 제기차기를 잘했는지 모르겠다. 당시에 다른 아이들은 대개 검정 고무신을 신고 다녔다. 오죽하면 운동화를 동경하는 내용의 동시가 있을 정도였다.

# 생선의 추억

삼마이 그물에 걸려 온 여러 가지 생선 중에서 내가 좋아하는 생선이
있으면 어떻게든 남보다 먼저 구해서 상에 올려 주셨다.

여름철 멸치잡이가 한창일 때는 굵은 멸치를 추려서 사다가 구워 주셨
다. 지금도 그때 그 맛을 못 잊어 봄이면 기장에 내려가 멸치구이를 먹
곤 한다.

우리 가족이 장위동 시장의 생선 가게에서는 큰손이었다. 집 안에서는
생선 말리는 냄새가 가실 날이 없었다. 내가 생선을 좋아하니까 한 끼
라도 생선 없이는 밥상을 차리지 않게 하셨다.
어느 날은 내가 생선을 사 왔는데, 오는 과정에서 지체하는 바람에 생
선이 상해 버렸다. 버려야 한다고 말씀드려도 어머니는 그중에서 괜찮
은 것은 추려서 끓여 먹으면 된다시며 그 역한 냄새를 감수한 채 고집을

부리셨다. 생선은 썩기 직전의 상태가 가장 맛있다고 어머니는 말씀하셨다. 집 안에 냄새는 고약했지만 찌개를 끓여 주셔서 맛있게 먹었다.

홍어를 좋아하시면서도 늘 좋은 부위보다는 꼬리나 엉치 부위를 당신이 드셨다. 그러지 마시라고 해도 늘 내가 우선이었다.

1960년대 흑산도, 어머니는 조기 파시가 설 때엔 떡장사를 하셨다. 떡과 바꿔 온 조기는 다 돈이었다. 어머니는 힘들게 일을 하시면서도 나를 위해서는 제일 좋은 조기만을 골라서 구워 주셨다. 지금 이런 조기가 있다면 한 마리에 10만 원은 할 것 같다.

# 늘 좋은 걸 주려고
## 애쓰신 어머니

김장 때면 늘 식구들에게 맛있는 김치를 먹이려고 애쓰셨다.
젓갈 하나하나에도 신경 써서 준비해 주셨고, 덕분에 우리 집 묵은김치
는 늘 일품이었다.

시장에서 파는 참기름을 믿을 수 없다면서 시골에 부탁하여 국산 깨를
구해 집에서 직접 참기름을 짜는 극성을 부리셨다. 그러다가 집에서 참
기름을 짜는 데 한계가 있음을 깨닫고는 참기름집에 가져가서 처음부
터 끝까지 기다리면서 감독을 철저히 하셨다.

명절이나 생일 등의 기념일에는 늘 맛있는 식혜를 만들어 주셨는데, 언
젠가부터 식혜가 맛이 없어졌다. 연세가 드시면서 미각과 손맛이 떨어
진 탓이리라. 어렵게 말씀드리자 별다른 말씀 없이 인정해 주셨다.

# 아들 바보
# 어머니

초등학교 졸업식에서 교육감상을 받자 나에게 고맙다고 하셨다.

그때 부상으로 받은 한글 대사전과 태극기를

지극정성으로 관리해 주셨다.

한글 사전은 지금도 남아 있다.

상고에 다닐 때 방학 동안 초등학생 대상으로 주산 교육을 했는데,

내가 선생님이라도 되는 양 많이 좋아하시고 자랑하고 다니셨다.

방통대 다닐 때는 출석 수업도 서울대에서 했고 신문도 서울대 신문이

왔다. 그때는 서울대 부설 방송통신대였으니까.

어머니는 신문이 오면

마치 내가 서울대생이라도 되는 듯이 호들갑이셨다.

내가 TV에 처음 출연했을 때

어머니는 너무 기뻐하시며 동네방네 자랑하느라 정신이 없으셨다.

보시고 보완해야 할 점이 있으면 알려 달라고 말씀드려도

너무 잘한다고만 하셨다.

어떤 아주머니와 함께 계실 때 내가 지나가니까

키가 좀 아쉽지만 뒤태가 늠름하고 멋지다고 자랑하시더란다.

당신 눈에는 늘 최고였던 모양이다.

어머니는 정말 아들 바보였다. 그렇게 속을 썩였던 아들은 어딜 갔는
지? 내가 자랑할 만한 일이 아니라고, 창피하다고 하여도 아랑곳하지
않으셨다.

그런 바보 어머니 덕분에 나는 자신감을 키울 수 있었다. 별거 아닌 일
도 어머니가 막 부풀리시면 "어머니! 그러지 마세요!" 하면서도 한편
으론 '아! 내가 그렇게 대단한가?'라는 생각이 들어 자신감을 가지고
노력할 수 있었다.

# "우리 아들이 최고여~"

이경태
(주)벤제프 회장

어느 해 봄꽃 향기 날리던 이맘때쯤 어버이날도 다가오고 해서 모처럼 어머님께 안부 전화를 드렸더니 "난 괜찮어. 잘 지낸다." 딱 두 마디 하시고서 나머진 못난 아들 위해 이런저런 말씀을 해 주시며 그저 아들만 걱정해 주셨던 어머님의 목소리가 무척 그립고 또 그립다. 아들 사랑이 전부였던 어머님께 늦었지만 이런 기회를 빌려 하염없는 감사의 눈물을 흘려 본다.

우리 아들이 최고여~ 우리 아들이 최고랑께~
소박한 선물 하나에도 너무 행복해하시며 누구에게든지 자랑하셨던 어머님의 모습이 눈앞에 선하다.
조그마한 것에도 만족해하며 깊이 있는 삶의 행복을 손수 가르쳐 주셨던 어머님의 지혜로움에 새록새록 감사함이 느껴진다.

늘 마음속에 새겨두었던 어머님의 온화한 미소와 따뜻한 손길은 오랜 외국 생활로 힘들었던 나의 외로움과 허기짐을 달래 주셨고, 떠나신 지 5년이란 세월이 흐른 지금에도 내 마음속에 고스란히 살아 남아 생전마냥 내 이름을 부르는 따스한 어머니의 목소리가 귓가에 맴도니 그 고마움, 감사함은 끝이 없으리라.

# 어머니는 항상 내 편이셨는데……

박낙원
온에셋 대표이사

치매로 고생하시던 어머님이 위독해지셨다.

어머님이 좋아하시는 양문교회 공용준 목사님에게 전화를 드렸더니 밤 12시에 오셔서 기도를 해주셨다. 그때 나는 건방지게 이런 생각을 했다

"엄마, 이제 그만 가셔도 돼요. 나도 몰라보시고, 손자도 몰라보시고, 움직이지도 못하시면서 산다는 게 의미가 없잖아요. 나도 엄마에게 할 만큼 했어요."

88년 육군 중위 전역 후 어머님과 둘이서 살림을 시작했다. 결혼 이후 모시고 살았고, 치매 때문에 끝까지 모시지는 못했지만 깨끗한 시설에서 정이 많은 원장님의 보살핌을 받도록 해 드린 것이 효도라고 생각했다.

목사님은 다음 날 어머님을 알고 있는 교인들과 함께 오셔서 찬송가를 불러 주셨다. 찬송가 소리를 듣고 어머님은 눈을 뜨고 해맑게 웃으셨다. 어머님의 미소는 언제나 참 선한 미소였다. 어머님은 그렇게 막내 아들이 지켜보는 가운데 목사님의 기도를 들으면서 하늘나라로 가셨다. 그 순간 내 가슴과 머릿속에 밀물처럼 파도가 밀려왔다. 나는 울면서 "엄마, 미안해. 엄마, 미안해. 내가 잘못했어!"라고 외쳤다.

어머님이 치매로 거실에 뱉은 침을 발로 밟으면 나는 짜증을 내곤 했다. 웃으면서 닦아도 되는데 왜 짜증을 냈을까? 어머니는 내가 늦게 귀가해도 저녁을 드시지 않고 기다리셨다. 내가 밖에서 먹고 들어가면 식사도 안 하시고 그냥 주무셨다. 그래서 나는 늦게라도 집에서 밥을 먹어야 했다. 아침에 밥을 먹지 않고 출근하면 본인도 종일 굶으셨다. 나는 그래서 매일 아침을 먹어야 했다. 결혼 초기 고부간의 갈등이 있을 때 나는 어머니 손을 들어 드리지도 못한 못난 아들이었다. 어머니는 항상 내 편이셨는데…….

# 가족을 사랑으로 이어 주는 감사

이주권
(주)현대모비스 상무

박점식 회장님의 어머니에 대한 감사글을 읽으면서 저의 어머니 팔순 때 제가 적어드린 백 감사를 어머니께서 읽으시고 하신 말씀이 생각납니다.

"내 평생 살면서 받아 본 선물 중에 가장 귀하고 소중한 선물을 받아서 너무 고맙다. 정말 감사하다." 그리고 아들을 지긋이 바라보는 어머니의 사랑어린 눈빛을 잊을 수가 없습니다.

그 눈빛으로 저는 아들을 바라봅니다. 그리고 아들은 감사 글을 수시로 적어 저에게 읽어 줍니다. 어머니의 마음을 알 것 같습니다. 감사는 우리 가족을 이렇게 대대로 사랑으로 연결하며 줍니다. "아들 고맙고 사랑한다. 어머니 감사합니다."

# 4

## 내가 바르게 살라고 안 했냐?

## 위대한 스승이셨던
## 어머니

어머니,

어머니는 저의 영원한 스승이십니다.

제가 지금 예순을 바라보는 나이에도

아주 조그마한 일에도 마음이 흔들리는데,

어머니,

어머니는 어떻게

그렇게 일관된 모습을 보여 주실 수 있었습니까?

아둔한 저는

1000 감사를 쓰는 이제야 그것을 깨닫기 시작했습니다.

## 제가 어머니를
## 따라갈 수 있을까요?

어머니는 내가 아이들에게 어떻게 해야 되는지를
몸소 가르쳐 주셨다.
어머니의 가르침을 아이들에게 실천하려다 보니
도저히 따라갈 수 없음을 절실히 느낀다.
어머니는 절대 신뢰였는데,
나는 아직 많이 조급하다.
어머니가 너무 커 보인다.

# 염소 사건의 교훈

목포상고 재학 시절

여름방학 때 섬에 돌아와 친구들과 이웃집 염소를 잡아먹었다.

별 생각 없이 한 행동이었다.

목포 하숙방을 찾아오신 어머니는 불같이 화를 내셨다.

"넘의 염소를 멋대로 잡아묵어?

내가 '경우 바르게' 살라고 했냐, 안 했냐?

사람이 그런 나쁜 짓을 험시로, 공부는 해서 뭣하냐!"

하시고는 내 책을 모두 불사르셨다.

초등학교 시절 동네에서 유명한 '매 맞는 아이'였다. 어머니의 '사랑의 매', '한의 매', '고집의 매'였다.

중학교에 들어가자 어머니는 매를 놓고 말씀으로 훈계를 하셨다. 차라리 때려 달라고 매를 가져다 놓기도 했다. 중3이 되자 어떤 일이 있어도 나를 믿고 매도, 말씀도 내려 놓으셨다. 그러다 이 염소 사건이 발생했다.

믿음에도 예외가 있었다. 남에게 피해를 주는 일은 용납하지 않으신 것이다. 어머니의 이러한 교육 철학이 오늘의 나를 있게 했음에도 감사를 만나기 전까지는 그것도 모른 채 교만하게 살아왔다.

# 버거운 일로 아들을
# 단련시키신 어머니

어머니가 계를 조직하면서
어린 나에게 번호별 계금표를 만들어 보라 하셨다.
겨우 곱셈을 공부했을 때인데, 나를 어떻게 믿고…….
그것도 교육이었을까?
어쨌든 기존의 표를 이해할 수 있었고, 나름대로 만들었던 것 같다.

방학에 집에 가면 농협 설립 초기의 장부를 작성하는 일을 맡아서 할
수 있도록 다리를 놔 주시기도 했다. 버거운 일이었지만 농협의 장부를
정리해 본다는 것은 나에게는 정말 소중한 공부였고, 꽤 많은 용돈을
벌 수 있는 기회이기도 했다.

어머니의 기대는 늘 나의 능력을 뛰어넘었다. 내가 아무리 어렵다고 말해도 "너는 할 수 있다"며 밀어붙이셨다.

그 기대를 저버릴 수 없어 자신감 없이 시작하곤 했지만 결과는 늘 내 생각을 뛰어넘었다. 의도된 어머니의 교육 방법이었을까? 아들에 대한 믿음이었을까?

이제 와서 생각해 보니 당시에는 어머니의 과도한 믿음이 부담스러웠으나 하나하나 해결해 가면서 자신감을 키울 수 있었다. 참으로 훌륭한 어머니의 교육 방법이었다는 생각이다.

의지박약한 저에게 자신감을 불어넣어 주신 어머니!

# 약속은
# 소중한 것

어머니는 내 친구들 가운데 간혹 실없는 약속을 하고 지키지 않는 친구들 얘기를 하면서 그러면 안 된다고 하셨다.
한잔하고 나서 술김에 호기롭게 한마디 툭 던져 놓고는 어머니는 이해할 수 없다고 매우 싫어하셨다.
나에게 약속의 중요성을 가르쳐 주신 것이다.

아직도 나 자신과의 약속은 잘 지키지 못하지만 타인과의 약속은 망각하지 않는 한 지켜 왔다고 자부한다. 상황이 바뀌어 손해가 예상되어도 이미 한 약속은 반드시 지키려 노력한다. 어머니의 가르침 덕분이다.
어머니를 의식해서가 아니라 어릴 때부터의 가르침이 이미 내 몸에 내재되어 있는 것 같다.
어머니! 훌륭한 가르침에 감사합니다.

## 말의 힘을 깨우쳐 주신
## 어머니

어머니는 입이 무거우셨다.

아내는 내가 입이 무거운 것이 장점이라고 이야기한다.

이것도 어머니를 보고 배운 것이리라.

어머니는 남의 말,

특히 좋지 않은 이야기를 옮기는 것을 매우 싫어하셨다.

아들에게도 그러셨다.

내가 서운하게 해 드린 적이 많았을 텐데도,

전혀 내색하지 않으셨다.

당사자가 없는 곳에서 그 사람을 비난하는 것이 좋지 않다는 것은 누구나 알고 있다. 그러나 실천이 정말 쉽지 않다. 나도 노력을 해 보지만 가끔은 참지 못하고 비난 대열에 합류할 때가 있다. 금세 후회하면서도……

어머니는 내가 시골 친구 칭찬을 하면 늘 "그 어머니(아버지)가 참 좋은 분이셨는데 그 아들도 그러는 모양이구나?"라며 좋은 얘기만 하셨다. 안 좋은 얘기를 하면 네가 확인하지 않고 들은 얘기는 전하지 말라고 하셨다. 아이들을 키우면서도 나는 어머니처럼 하지 못했다. 믿고 기다려 주지 못한 것이다. 더구나 엄청나게 속을 썩였던 나에 비하면 우리 아이들은 아무 문제도 아니었는데……

아직도 어머니의 가르침을 제대로 실천하지 못하고 있는 불민한 자식입니다.

영원한 스승이신 어머니, 감사합니다.

# 벤치마킹을 알려 주신
# 어머니

어머니는 입이 무거우셨지만 다른 사람의 장점에 대해서는 말씀을 많이 하셨다. 흑산도에서 가깝게 지냈던 철우 어머니의 놀라운 생활력에 대해 칭찬을 아끼지 않으셨다.

금자 엄마의 따뜻함에 대해 늘 말씀하시면서 그 공을 언제 다 갚느냐고 하셨다.

부두상회 봉우 어른이 참으로 점잖으신 분이라고 말씀하셨다.

외숙이 잘나갈 때 옆에 있던 수많은 사람들이 다 떨어져 나간 후 외숙 곁을 지켰던 몇 분에 대해 칭찬을 아끼지 않으셨다.

보통은 서운한 사람들에 대해 얘기하기 마련인데, 어머니는 반대였다.

정과 의리를 지킨 고마운 분들에 대한 얘기만 하셨다.

남의 집에 다녀오시면 그 집 얘기를 할 수밖에 없는데, 어머니는 그때마다 좋은 얘기만 하셨다.

가끔 염려하는 말씀은 하셨지만 나쁜 얘기는 하지 않으셨다.

생각해 보면 서운한 점도 있었을 텐데…….

그 집은 가니 이런 게 참 좋더라 하는, 배워야 할 점에 관한 얘기를 많이 하셨다.

어머니는 벤치마킹을 알고 계셨던 모양이다.

어머니의 좋은 점을 온전히 받아들이기는 참으로 어렵다는 것을 새삼 느낀다.

다른 사람들의 장점만을 얘기하는 게 쉽지 않은데도 어머니는 평소 흑산도 어르신들 중 기억에 남는 분들의 장점 얘기를 많이 하셨다. 가끔 내 친구 얘기가 나올 때면 어김없이 그 부모님의 장점을 말씀하시곤 했다. 나쁜 사람들에게 서럽고 한 맺힌 일을 당했던 적도 있었을 텐데, 그런 얘기는 듣지 못했다.

다른 사람의 장점을 얘기하면 당연히 거기서 배워야 할 점들이 나온다. 나도 어머니를 따라하려고 노력해 보지만 쉽지는 않다. 그래도 어머니에게서 배울 수 있어서 감사합니다.

## 몰입과 최선

연세가 들어 기력이 많이 떨어진 후에도 어머니는 일하실 때면 늘 몸
생각 하지 않고 몰입을 해서 열심히 하시다가 일을 끝내고 앓아누우실
때도 있었다.
한번 계획한 일은 무서울 정도로 실천해 내셨다.

앞마당에 텃밭을 가꾸던 적이 있었다. 심심풀이 삼아 하시라고 권했
는데 점점 규모가 커지더니 급기야 무리해서 앓아누우신다. 농사일
경험이 없는 아내가 안절부절이다. 모른 체 할 수 없어 도와드려야 하
는데 '적당히'가 안 되는 분이라서……. 아내 힘들게 한다고 원망했는
데……. 이제 와서 돌아보니 그것은 어머니의 욕심이 아니고 평생 몸에
밴 일에 대한 자세였습니다. 몰입과 최선을 다하는 당신의 처절한 생존
방식이었습니다. 어머니! 미안하고 감사합니다.

# 공짜는 없다

공짜는 없다고 어머니는 늘 말씀하셨다. 공짜를 바라지도 않았지만 누군가에게 뭔가를 받으면 그 이상을 해 주려고 하셨다. 사람을 사귀거나 사업을 하면서 어머니의 말씀이 옳음을 새삼 느끼게 된다.

이제와서 돌아보니 '공짜는 없다'라는 명제는 어머니께서 몸으로 절절히 느끼고 실천해 오신 철학이었다. 뭔가를 받으면 반드시 당신의 노동으로 보답을 하셨다.
밤이면 선생님들 사택에 따라 다녔다. 그 당시는 어머니께서 선생님이나 사모님들과 친해서 놀러 다니시는 줄 알았다. 온종일 힘든 노동으로 지친 몸을 이끌고 밤이면 사택에 가서 허드렛일을 해 주셨던 것이다. 아들이 선생님과 친하게 하려고……. 어머니! 하늘 같은 사랑에 감사합니다.

## 자식의 자랑이 되어 주신
## 어머니

'부모가 자식을 자랑거리로 만들려 하지 말고, 자신이 자식들의 자랑거리가 되라'는 얘기를 들었다. 어머니를 이 말에 대입해 보니 어머니의 삶이 아들인 나의 자랑거리가 되고 있다는 생각이 들었다. 이미 어머니는 당신의 삶으로 이를 실천하고 계셨다.

어머니는 나의 자랑거리가 되었을 뿐 아니라 나를 우리 사회의 잣대로 따지지 않으셨다. 늘 있는 그대로의 나를 인정해 주셨다.

어머니는 내가 스스로 일어설 수 있는 힘을 길러 주시는, 한 단계 높은 차원의 실천을 하고 계셨다.

내가 어른이 되고 나서는 물론이지만 어릴 때부터 어머니는 남다르고 멋지다는 생각을 줄곧 해 왔다. 품팔이로 생활을 꾸려가면서도 누구에게나 당당했고 동네에서 어려운 일을 당한 사람들의 상담자 역할을 하시던 모습도 선연하다.

공원으로 출발하여 일약 금호그룹 임원까지 지내고 한국 최우수신지식인상과 수차례에 걸친 품질명장 대통령상을 수상한 고향 선배 윤생진은 자주 나에게 얘기한다. 고향에서 중학교를 졸업하고 지낼 때 자네 어머니께서 "자네는 흑산도에 이렇게 눌러 있으면 안 될 사람이네. 빨리 도회지로 나가시게" 하고 권유해 주셨단다.

어머니가 그 어려운 시절을 지내온 버팀목은 당신의 신용이었다. 스스로가 만든 그 신용이 많은 분들의 도움을 받을 수 있는 원동력이 되어 주었고 또 그 신용을 지키기 위해 피나는 노력을 해 오신 것으로 기억이 된다.

나에게는 끊임없이 남들에게 잘하고, 베풀고 살라고 말씀하셨다. 그 당시는 '베풀 것도 없는데 무슨 말씀인가' 했다.

내가 어떤 나쁜 상황에 처하더라도 끝까지 믿어주셨다. 그래서 스스로 그 상황을 극복할 힘을 낼 수 있었다. 내 스스로는 그럴 의지가 부족했지만 나를 믿어주신 어머니를 생각하면 떨치고 일어서지 않을 수 없었다.

어머니는 나의 자랑이다.

# 노는 만큼 성공한다?

이제 와서 생각해 보니 어머니는 내가 공부하는 데에는 직접적인 도움을 주시지 않았지만, 노는 방면에는 적극적으로 도와주셨다.

제기차기에 한창 재미 붙일 때는 엽전이랑 습자지를 구해서 제기를 만들게 해 주셨고, 대보름 쥐불놀이에 사용할 깡통이나 잡목 같은 것도 구해 주셨다.

흑산도에는 참대가 귀한데, 연을 만들라고 참대나무를 구해 주시곤 했다. 귀했던 참종이도 구해 와 연을 멋지게 만들도록 해 주셨다. 연 만들라고 풀도 쑤어 주시고 연 종이도 오려 주셨다. 연자세(얼레)도 목수에게 특별히 부탁해서 동네에서 가장 멋지게 만들어 주셨다. 연실도 귀한 시절이었는데, 옷감이나 스웨터 같은 데서 풀어내 만들어 주셨다. 뿐만 아니라 연싸움에서 이기라고 유리를 빻고 풀을 쑤어서 일일이 연실에

먹여 주셨다. 대단한 정성이었다.

대보름이나 추석을 전후해서 열흘 가까이 동네의 남녀노소 대부분이
학교 운동장에 나와 뛰어놀곤 했는데, 이때도 나에게 오히려 언제 가느
냐고 독려해 주셨다.

# 돈을 무시(?)하는
## 습관을 갖게 해 주신
### 어머니

어린 시절, 가족이라고는 어머니와 나 단둘이었다.

친구들 집에 놀러 갔을 때 형제자매가 많은 걸 보면 그게 제일 부러웠다. 그만큼 외로움을 많이 느꼈다는 이야기인데,

내가 노력한다고 해서 치유될 수 없는 것이어서 감수해야만 했다.

그러나 잘사는 집에 대해서는 부러움 같은 것을 별로 느껴 보지 않은 것 같다.

형편은 넉넉지 않아도 늘 당당하셨던 어머니를 보면서 배웠으리라.


어머니의 조기교육(?) 덕분일까?

이제까지 살아오면서 돈에 대해 조급한 생각을 가져 본 적이 별로 없다. 세무사 생활 10년을 마무리하고 개업하려고 할 때 보니 마이너스 통장이 내 재산이었다. 그러나 후회나 조급한 생각은 들지 않았다.

늘 가난하게 살아 왔지만 한 번도 그 가난 때문에 돈에 연연하지는 않았다. 가난했지만 당당했던 어머니를 보고 자란 영향일 것이다. 돈을 좇느라 애를 쓰진 않았지만 필요한 만큼의 돈은 늘 나를 따라와 있었다.

어머니는 내가 돈을 벌기 시작한 이래로 한 번도 돈을 모으라든지 절약하라든지 하는 말씀을 하지 않으셨다. 오히려 베풀고 살라는 말씀만 하셨다. 내가 돈이 없는 줄 뻔히 알면서도 외삼촌 빚을 갚아 줬으면 좋겠다고 하셨다. 나는 그런 어머니가 너무 좋았다. 가난 때문에 당당함을 잃지 않으셨던 어머니가 존경스럽다.

# 돈을 무시하는
# 습관의 좋은 점

나의 잘못된 버릇 중 하나가

돈에 대해 지나치게 낙관적인 것이다.

돈이 들어오기도 전에 들어올 것을 예상해서 먼저 쓴다.

나쁜 버릇이지만

긍정적으로 보면 그런 버릇 덕분에 기부를 할 수 있지 않았을까

하는 생각도 든다.

돈을 모아서 계획적으로 집행하려 했다면

아까운 마음이 들 것 같다.

어머니가 잘못(?) 길들인 것이 좋은 면도 있다.

# 아들을 강하게 키워주신 어머니

한근태
한스컨설팅 대표

사실 어머니에게 감사한 마음은 늘 갖고 있었으나 한 번도 구체적으로 생각해 본 적은 없는 것 같습니다. 돌이켜보면 너무나 많지만 세 가지만 적어봅니다.

첫째, 어머님의 저에 대한 믿음 덕분에 이 정도 살게 된 거 같습니다. 늘 "너는 잘 될 것이다" 하시며 자성예언을 해주셨습니다. 아무 근거도 없고 힘들었지만 어머님의 믿음 덕분에 다른 생각을 할 수 없었고, 성실하게 공부할 수 있었습니다.

둘째, 어머님은 강하고 씩씩합니다. 여장부 스타일이라 모든 문제를 어머님이 해결하셨습니다. 집안일은 물론 학교일까지 지치지 않는 에너지로 우리 집안을 이끄셨고, 저 또한 그런 에너지를 받은 것 같습니다.

셋째, 저를 강하게 채찍질해 주셨습니다. 어머님은 쉽게 만족하지 않으셨습니다. 늘 너는 더 잘할 수 있다면서 스트레치 골(stretch goal)을 제게 주셨습니다. 당시에는 힘들었지만 장기적으로 그게 큰 자극이 되었습니다.

# 소금과 촛불 같았던 어머니

서구

전 금호종합금융 사장, 목포상고 개교 100주년 기념사업회 회장

모친의 잊을 수 없는 추억 중에서 세 가지를 간추린다면

첫째, 인생도처유상수(人生到處有上手). 세상 곳곳에 선생이 있고 소금과 촛불 같은 거룩한 존재가 반드시 있듯이 저의 모친은 이러한 분이셨으며, 꽃 피고 비 오는 날 그때 그 말씀이 흙과 산이 되고 꽃눈으로 쌓이는 풍경이 있듯이 저희 모친은 이러한 분이셨으며

둘째, 지금 내 인생은 어머님께서 차려주신 지혜와 진리의 밥상을 한상 가득 받아들여 배가 부르며, 내 인생의 눈물을 닦을 수 있는 위로와 깨달음의 손수건 한 장 감사히 받아들여 기쁘듯이, 살아가는 데 필요한 지식보다 지혜를 가르쳐 주셨던 분이 저의 모친이셨습니다.

셋째, 독실한 불교 신자이셨던 모친은 살아가면서 어렵게 모으신 전재산을 자식들의 동의 하에 헌신과 봉사정신으로 서울시 성북구 정릉동 북악사 대웅전 건립에 설파자로 큰불사를 하시어 후손들도 모친의 거룩한 뜻을 이어받아 영원한 불자의 길을 걷고 있습니다. 이상이 저의 모친에 대한 몇 가지 감사입니다.

# 돈은 또 벌 수 있으니 몸만 건강하면 된다

이윤환
인덕의료재단 복주회복병원 이사장

초등학교 시절 아버지로 인한 가정불화로 어린 마음이었지만 모든 것을 등지고 싶을 때가 있었다. 하지만 자식들을 위해 모든 어려움을 홀로 감내하시는 어머니 모습을 보면서 고생하시는 어머니를 위해 반드시 성공하겠다고 결심을 하게 되었다.

평생 농사를 지으셨던 어머니는 버스를 타고 시내에 가서 밭에서 키운 나물을 파셨다. 친구들과 시장에 갔다가 시장 바닥에 앉아서 나물을 팔고 계신 어머니를 발견했다. 어머니는 나물 판 돈 2천 원을 내 손에 쥐어 주셨다. 친구들에게 창피할 수도 있는 나이였지만 나의 어려운 가정환경을 부끄럽게 생각하지 않는 마인드가 생겨났다.

사업 실패로 모든 것을 잃어버리고 자포자기하는 형님에게 어머니는 이렇게 말씀하셨다.
"몸만 건강하면 돈은 언제든지 또 벌 수 있데이."
형님한테 하신 말씀이었지만 내가 사업을 하면서 가장 중요한 사업철학이 되었다, 즉 잃는 것에 대한 두려움이 없어졌다.

# 5

## 속 깊은 어머니

# 속 깊은 어머니

내가 고등학교를 졸업한 후 어머니께서 서울에 오시기까지 3년여의 흑
산도 생활은 어땠을까에 생각이 미쳤다.
내가 학교를 다닐 때는 뚜렷한 목표가 있었지만 이 기간은 내 연락만
기다리며 하루하루가 오히려 힘든 세월이 아니었을까.
그런데도 어머니는 아무런 내색도 하지 않으셨다.

재건축이 끝나 이사하면서 방 구조상 서재가 딸린 안방을 우리가 쓸 수
밖에 없었다.
이전까지 큰 방을 쓰셨던 어머니로서는 서운하실 수 있었을 텐데도 아
무 말씀 없이 당연한 듯 받아들여 주셨다.
살아가면서 늘 내 입장에서만 생각하고 어머니 입장에서는 생각해 보
지 못한 것 같다.
내가 지금 우리 아이들이 조금만 서운하게 해도 속상한데, 어머니는 얼

마나 속상한 일이 많으셨을까.

그러나 어머니는 묵묵히 표 내지 않으셨다.


언젠가부터 어머니는 거실에서 TV를 보지 않으셨다.

어머니 방으로 들어가서 보시기 시작했다.

아이들에게 양보하신 것이다.

어머니는 빨래나 식사 등  당신이 하실 수 있는 일은 당신이 하셨다.

워낙 깔끔하고 까다로운 분이라

며느리에게 부담을 주지 않으려고 배려하신 것이다.


어머니는 내 앞에서 눈물을 보이신 적이 없다.

어떤 어려운 상황에서도 오히려 더 꼿꼿한 모습을 보여 주셨다.

어머니가 흑산도에서 보낸 대부분의 시간은 아들 공부시키기 위해서라는 명분이 분명했다. 그러나 아들이 취직하고도 3년이 지났을 때는 연고지가 아닌 그곳에서 더 이상 살아야 할 이유가 없었다. 동네 분들은 아들이 곧 모셔갈 것이란 얘기들을 했을텐데……. 하루하루를 넘기며 얼마나 서운하셨을까?

어머니가 나 때문에 속상했을 일들을 생각해 보았다. 내가 알면서도 모른 체해 왔던 일, 무심해서 챙기지 못했던 일들이 한둘이 아니다. 게다가 어머니께서 요구하리라 짐작됐지만 그냥 넘어간 일들도 많았다. 아들 입장 생각해서 꾸욱 눌러 참으며 얼마나 힘드셨을까? 이제야 어머니 입장에서 생각해 봅니다. 어떻게 그 많은 것들을 혼자서 다 삭이셨습니까?

# 긍정의 여왕이셨던
## 어머니

딸아이가 가벼운 교통사고를 당했을 때에도
가해자가 운이 없어 그런 거라고 오히려 위로해 주고
나에게 별일 없을 것 같으면 합의해 주라고 하셨다.
자주 연락드리겠다고 감사하며 돌아간 가해자는
그 뒤 전화 한 통 없었다.
어머니는 태연하게
다 그런 거지, 하셨다.

어머니는 정말로 못 말리는 긍정의 소유자셨다. 그런 성격 때문에 가까운 사람들에게 여러 번 배신의 아픔을 겪으면서도 끝까지 변하지 않으셨다. 딸의 교통사고 처리 과정에서 이런저런 계산을 하고 있는 나와는 너무 다르셨다.

나중에 속은 줄 알았을 때도 화를 내기는커녕 너무나 태연하게 "다 그런 거지 뭐." 하셔서 할 말을 잃게 하셨다. 나는 뭐든지 할 수 있다는 터무니없는 믿음이 나를 힘들게 했다고 생각했지만 그 긍정의 힘 덕분에 항상 일어설 수 있었음을 나중에야 깨달았다. 저도 어머니의 긍정성을 배우려고 애쓰고 있답니다.

# 대범한 어머니

어머니는 사소한 일에는 대범하셨다.
고구마를 쪄 놓으라고 하셔서 찌다 보면
왜 그렇게 물 붓는 것을 잊어버리는지…….
솥이 시꺼멓게 타서 혼날 거라고 예상하고 있을 때
의외로 별말씀 하지 않으시고
오히려 고구마가 맛있게 쪄졌다고 하셨다.

모든 것이 귀하던 시절이다. 솥이 너무 심하게 타면 닦기도 만만치 않고, 버리면 쉽게 구하기도 힘들어 많이 속상하셨을 텐데……. 몇 번씩이나 솥을 태우는 아들이 얼마나 한심하고 화가 나셨을까? 그 고구마가 정말 맛있었을까? 어머니는 한 번도 화를 내지 않으셨다.

어머니는 내가 당신의 기대를 저버리거나 잘못된 길을 간다고 생각할 때도 묵묵히 기다려 주셨다.

그러나 남에게 피해를 입히는 일에는 불같이 화를 내셨다. 어머니가 참으로 대범한 분이셨음을 그때는 몰랐다. 내가 아이들을 키우면서야 그것이 참으로 어려운 일이라는 것을 깨우치게 되었다.

# 쿨한 어머니

작정하고 돈을 챙겨 달아난 새댁이 있었다.
어머니도 많은 돈을 떼였는데,
한동안은 목포 경찰서로 어디로 정신없이 다니셨지만
곧바로 단념하시고 일에 열중하셨다.

돈을 떼이거나 큰일을 당한 후
단념을 빨리 하고 현실로 돌아오는 것은
내가 어머니를 닮은 것 같다.
어머니께서 간접적으로 나에게 가르쳐 주신 것이다.

어머니에게 그 사건은 엄청난 충격이었을 것이다. 전 재산을 사기당했으니……. 많이 힘들어하실 거라고 생각했지만 어머니는 아무 내색 않고 금세 예전의 일상으로 돌아오셨다. 나만 이 일로 인해 고등학교 진학이 물 건너간 걸로 지레 체념하고 불량학생이 되어 갔다. 그런 큰일을 당했을 때도 흐트러진 모습을 보이신 기억이 없다.

정말 어머니 성격이 쿨해서였을까? 꼭 그러지는 않았을 것이란 생각이다. 그 사건에만 연연하고 있을 여유가 없어서, 다시 삶의 현장으로 돌아오지 않으면 안 되는 현실 때문이었을 것이다.

이런 어머니 모습을 보고 자란 영향일까? 나도 아무리 어려운 일이 닥쳐도 연연해하지 않는다. 포기할 상황이면 빨리 포기하고 잊어버린다. 어머님의 가르침은 끝이 없는 것 같다.

# 통 큰 어머니

어머니는 근검절약의 대명사였다.

그러나 쓸 때는 써야 한다고 말씀하셨다.

언젠가 어머니가 광주에 계실 때

광주의 한 한정식집에서 처가의 행사를 연 적이 있었다.

자연스럽게 어머니도 자리를 함께하셨고,

내가 주관하는 행사라서 어머니의 반응이 조금은 조심스러웠는데,

오히려 더 잘 하지 못한 것을 나무라셨다.

어머니가 당신을 위해서 돈을 쓰신 일이 있을까? 생각 나는 일이 거의 없다. 가끔 큰돈을 내놓으실 때면, '아니? 이 돈을 어떻게 모았을까?' 의아해했었다. 근검절약의 힘이라는걸 나중에야 깨달았지만······.

그런 분이 남을 위해 돈을 쓸 때는 나보다 훨씬 통이 컸다. 내가 돈을 내놓고도 짜잔하다('잘다'의 전라도 사투리)는 타박을 받고 무안했던 일들을 떠올려 본다.

어머니는 언제나 상대의 기대를 뛰어넘으라고 가르쳐 주셨다.

# 참고 또 참으신 어머니

어머니는 아픈 몸을 이끌고도 자식에게 폐 끼칠까 봐,
아픈 모습 보이기 싫다며 열심히 운동을 하려 노력하셨다.
어머니는 병원에 입원해서도
아들의 체면을 위해 늘 행동을 자제하셨다.

어머니는 늘 입버릇처럼 말씀하셨다. 자식들에게 아픈 모습 보이기 싫
어서 운동을 열심히 해야 한다고. 넘어지면 큰일이니까 무리하지 마시
라고 해도 막무가내였다.
어머니가 힘든 시간을 참고 또 참아 온 원동력은 무엇이었을까? 아들
잘되라고, 그 힘든 시간을 참아 왔고, 나중에는 아들에게 누가 되지 않
기 위해 또 참아 오셨다고 생각한다. 당신의 인생에 당신은 없었다.
오로지 자식만을 위한 인생.

# 호랑이 어머니

어머니와 다정히 손잡고 다녀 본 기억이 없다.

내가 어른이 되어서도 함께 외출할 때면 따로 떨어져서 걸어갔다.

늘 어머니가 무섭고 어려웠다.

가슴속에는 한없는 사랑을 품고 계시는 분이

밖으로는 어떻게 그렇게 엄격하셨는지…….

어머니에게 어리광을 부리거나 떼를 쓰는 것은 상상도 하지 못했다. 어머니는 늘 어려운 분이었다. 그럼에도 많이 후회된다. 따뜻하게 어머니 손을 잡아드리지 못한 것을…….

# 깔끔한 어머니

흑산도 사람들의 어머니에 대한 인상은
외모도 성격도 깔끔하다는 평이 제일 많은 것 같다.
워낙 철두철미한 성격이라,
연고도 없는 타향에서
남에게 뒷말 듣지 않으려고
엄청나게 자제하고 노력하신 것이다.

어머니의 깔끔하다는 평은 타고난 부분도 있지만 끊임없는 노력의 결과라는 생각이다. 어머니의 이름 곤 자, 단 자는 어릴 때 곱단이라고 부르다가 그렇게 지어졌단다. 어릴 때부터 곱고 깔끔하셨다고 한다. 이것은 전해 들은 얘기지만 내가 보고 느낀 바로도 어머니는 한 번도 아들인 나에게조차 허튼 모습을 보이지 않으셨다. 아무리 힘들어도 내색 한 번 하지 않으셨다. 돌이켜 보면 참 힘들고 어려운 시절을 겪어 오신 분인데······.

# 세심한 어머니

본인은 불편하시지만
어머니는 일부러 목포나 광주의 친척집을 찾아가 머물곤 하셨다.
우리끼리만 지내도록 자유로운 시간을 주시려는 배려였다.

조카 희숙이가 가족들과 집에 왔을 때
내가 없자 안절부절못하시고
언제 들어오느냐고 전화해 보라고 성화셨단다.
희숙이 신랑이 뻘쭘하게 있을까 봐서 그러신 것이다.
그런 사소한 것까지 배려하는 분이셨다.

© 서경호

## 쉴 틈이 없으셨던
## 어머니

어머니는 내 학비를 대기 위해

머리카락이 빠질 정도로 힘들게 일하셨다.

흑산도에서 사시는 동안

잠시라도 편히 쉬시는 모습을 본 기억이 없다.

천성이 부지런하셔서 그랬다기보다는

쉬실 수가 없었을 것이다.

삶의 유일한 수단이 당신의 노동이었으니…….

중학교 3학년 말쯤 어머니께서 나를 부르더니 "내가 어떤 일이 있더라도 너를 고등학교까지는 보내 주겠다. 그러니 인문계는 아니고 상고에 갈 준비를 해라" 하신다.

어머니는 그 당시 사기를 당해서 힘든 시기였고, 나도 지레 공부를 포기하고 방황의 시기를 보내던 때였다. 철없던 나는 그제서야 정신이 번쩍 들어 공부를 시작했지만 어머니가 얼마나 비장한 결심을 하셨는지는 미처 헤아리지 못했다.

그 후 어머니의 고생은 보지 않아도 짐작할 수 있었지만 주변 분들은 나를 꾸짖을 때마다 "니 엄마가 너 하나를 위해서 얼마나 고생하시는데"라는 말로 각인시켜 주셨다.

그럼에도 어머니의 고생은 헤아리지 못하고 부족한 자신의 처지만을 원망한 한심했던 나를 떠올려 본다.

# 때로는 여린 마음의
## 소유자

가끔 별 쓸모가 없는 물건을 사 오셨다.
할머니들을 상대로 물건을 파는 사람이
"어머니, 어머니" 하며 곰살궂게 굴면서
자기 승진과 관련이 있다고 사정하는 바람에
뿌리치지 못하고 물건을 사 오셨다고 한다.
이럴 때는 또 마음이 너무 여리시다.

이른바 노인 상대 '떴다방'이었다. 어머니는 물건을 싸게 샀다고 속이기도 하고 당신에게 평소 너무나 곰살궂게 대해 준 사람이 "이것만 팔아 주면 승진할 수 있다."는 부탁을 뿌리치지 못했다고 하셨다.

왜 그러시냐고, 그런데 가지 말라고만 했다. 어머니 입장에서는 한 번도 생각해 보지 못했다. 어머니는 물건을 산 게 아니었다. 따뜻한 정이 그리웠고, 그걸 산 것인데, 계산만 앞세운 아들은 그런 어머니가 이해가 되지 않았다.

어머니! 너무너무 죄송합니다.

## 자존심을 지키신
## 어머니

어머니는 명분이나 자존심, 이런 것을 매우 중시하셨다. 물질적인 손해
를 보더라도 이런 것을 지키기 위해 흔쾌히 결단을 하시는 분이셨다.
그러나 어머니는 나를 위해서는 그런 자존심도 버릴 수 있는 분이셨다.

# 늘 당당하셨던
## 어머니

평생 고생은 많이 하셨지만 확고한 신념으로 살아오신 분이라

어머니는 자기주장이 강하셨다.

그래서 주변 사람들이 조금 힘들기도 했지만

자신이 옳다고 생각하는 일에는 당당함을 잃지 않으셨다.

어릴 때부터 어머니는 남다르다는 것을 많이 느꼈다. 교육에 대한 생

각, 당당함, 겸손함, 부지런함, 의지 등이 대단하셨다.

그것이 나의 자부심이었다.

어머니는 뭔가 기품이 있으셨다. 지혜롭고 사람들을 포용하는 아량이

있으셨다. 그러면서도 한 성깔이 있으셔서 어느 누구도 만만히 대하지

는 못했다.

어머니는 나의 자부심의 원천이었다.

# 고집이 세셨던
# 어머니

어머니는 성격이 직선적이셨다. 상대가 좀 거북할지라도 거침없이 바른말을 하시는 올곧고 직선적인 성격이셨다. 식구들을 많이 힘들게도 하셨지만, 그래서 더욱 우리들의 행동과 생각을 다잡을 수 있게 해 주신 면도 있다.

나를 정말 힘들게 했던 어머니의 고집도, 지나고 나서 생각하면 결국은 나를 위한 것이었음을 느낀다.

# 지혜를 깨우쳐 주신 어머니

안수남
세무법인 다솔 대표이사

1. 주중에 모처럼 어머니와 저녁식사를 하고 식탁에 앉아 후식으로 과일을 먹고 있었다. 아내는 이때다 싶었는지 그동안 쌓였던 나에 대한 불만을 어머니 앞에서 쏟아 내기 시작했다. 듣고 계시던 어머니께서 한마디 하신다. "그래도 너같이 똑똑하고 지혜로운 여자랑 결혼했잖아."

2. 40대 후반에 예정에 없던 광명시 문화원장을 맡게 되었다. 며칠 후 어머니께서 혹시 선거에 나갈 계획이 있느냐고 물으셨다. 손사래를 치며 절대 그런 계획이 있어 그 자리를 맡은 것이 아니라고 단호하게 말씀드렸더니 이어서 하시는 말씀: "선거로 앉은 벼슬은 동냥벼슬이라 사람이 겉 다르고 속 다르게 살아야 한단다."

3. 안양천 빈 땅에 어머니는 텃밭 놀이터를 만드셨다. 주말에 잡초라도 뽑아 드리려 따라가 봤다. 잠깐이면 될 줄 알았는데 그동안 조금씩 늘린 면적이 거의 50평은 넘어 보였다. "어머니 이렇게 넓은 면적을 언제 다해요?"라며 묻자 가만히 말씀하신다. "눈만큼 게으른 게 없고 손발만큼 부지런한 게 없다."

# 늘 웃는 얼굴 보여 주신 어머니

윤은기
한국협업진흥협회 회장, 전 중앙공무원교육원장

어머니는 우리 7남매 중 왕이 될 사람이 한 명 있다고 하셨다. 전쟁 직후 온 나라가 가난하고 좌절에 빠졌던 시절 우리 남매들에게 희망을 주려고 하셨던 걸까? 본인이 희망을 얻으려고 하셨던 걸까?

아무리 어려워도 힘든 내색하지 않고 자식들에게는 늘 웃는 얼굴 보여주시던 모습.

작은 일에도 큰 칭찬해 주시던 모습.

어머니의 사려깊고 사랑이 넘쳤던 속마음을 생각하면 지금도 가슴이 아려 온다.

# 늘 "사랑한다"고 말씀해 주신 어머니

황재익
제이미크론 대표

자식들 위해 매일 기도해 주심 감사합니다.

전화통화 마지막에는 "사랑한다" "건강 잘 지켜라"라고 말씀해 주심 감사합니다.

유치부에서 배운 찬송가를 기억하시고 예수님을 뚜렷이 믿는다고 하심 감사합니다.

# 6

어머니는 서울이 얼마나 낯설었을까

# 어머니는 서울이
## 얼마나 낯설었을까

돌이켜 보면 나는 어머니를 많이 힘들게 했다.

어머니는 얼마나 힘드셨을까.

어머니는 중년의 대부분을 사셨던 흑산도를 떠나

아들 하나 믿고 서울에 오셨다.

모든 것이 얼마나 낯설었을까.

그런데도 나는 밖으로만 나돌았다.

## 어른이 되어서도
## 내 생각만 했던 나

78년에 세무사 시험 공부를 할 때
시간이 많지 않아 집에 틀어박혀 공부에만 몰두하다
그만 시험 날짜를 놓쳐 버렸다.
그날로 짐 싸들고 여행에 나섰다.
오로지 내 생각만 하던 시절이었다.
어머니도 어이가 없었겠지만 오히려 위로해 주셨다.

어머니가 얼마나 외롭게 지내셨을까를 생각해 봤다.
힘들고 실망스러운 시간이었을 텐데도
절대로 나를 나무라지 않으셨다 .

80년 10월 1일, 드디어 집에 돌아와 다시 공부를 시작했다.
어머니는 야단도 치지 않고

묵묵히 나만을 위한 뒷바라지에 들어가셨다.

단칸방에서 어머니와 함께 살던 때라

내 공부에 방해될까 봐 극도로 조심하시고,

밤낮이 뒤바뀐 생활에도 내가 지장이 없도록 도와주셨다.

나중에 이웃 분의 얘기를 들어 보니

새벽마다 나를 위해 정한수 떠 놓고 치성을 드리셨단다.

지금 생각해도 나는 참으로 무책임하고 한심한 사람이었다. 집에서 걱정하시는 어머니 생각은 아랑곳하지 않고 자기 생각 속에만 빠져서 연락도 없이 팔도유람이라니?

어머니 속을 그렇게나 썩이면서 자기 마음대로 돌아다니다 막바지에 몰리자 돌아와도, 아무런 내색 없이 최선을 다해서 공부 뒷바라지해 주신 어머니. 그런 배려에도 불구하고 합격은 자기 혼자만의 노력인 양 어머니 생각은 뒷전인 이기적인 사람.

어머니! 부끄럽고 죄송합니다.

# "나는 집에 있을 테니
  너희들끼리 다녀와라"

건강이 나빠지면서 어머니는 많은 것을 양보하기 시작하셨다.

가족끼리 외식이나 여행을 할 때도 "나는 집에 있을 테니 너희들끼리

다녀와라" 하셨다.

그러시는 어머니 마음이 어땠을지 미처 살피지 못했다.

생각이 미치지 못했다.

말 한마디, 마음 씀씀이 하나가 그리우셨을 텐데…….

함께하지 못하시는 어머니 마음을 헤아리기보다는 미안해하는 척하면

서 어쩌면 우리끼리 가는 것을 내심 즐기지 않았을까? 반성합니다. 그

런 못된 자식을 끝까지 품어 주신 어머니!

# 어머니의 공을
# 생각 못했습니다

가끔 내 인생을 돌이켜 보며 무엇이 나를 지켜 주었을까 생각할 때

나를 도와준 여러 귀인들과 운에 대한 생각은 하면서도

정작 어머니에 대한 생각은 놓치고 있었다.

나는 의지가 박약하고

가끔은 살아지는 대로 나를 통째로 내맡겨 버리는 성격이라

어머니의 믿음과 보살핌이 없었다면

지금과는 크게 다른 길을 걷고 있었을지도 모른다는 생각이 든다.

스스로 생각해도 무책임하고 어처구니없는 행동으로 꽤나 속을 썩여 드렸다. 나라면 길길이 화를 냈을 법한데, 어머니는 끝까지 신뢰하고 나무라지도 않으셨다. 오히려 주변 분들이 충고를 하고 나서면 "놔 두시게. 그 사람은 괜찮을 것이네." 하셨다. 이런 어머니의 신뢰는 내가 포기하지 않고 다시 일어날 수 있는 힘이 돼 주었다.

성공의 배경을 묻는 질문에 어머니의 은혜는 당연함으로 치부하고 주변 분들의 도움, 나의 노력, 행운을 얘기했다. 부끄럽다. 첫째도, 둘째도, 셋째도 어머니의 신뢰와 사랑으로 이루어졌음을 어머니 1000 감사를 쓰면서야 알 수 있었다니…….

# 어머니와 며느리

아내가 감당하기에 어머니는 무척 어려웠을 것이다. 나에게도 어머니는 자연스럽게 기댈 수 있는 분은 아니었다. 늘 엄하고 범접하기 어려운 분이었다. 내가 그렇게 어머니를 어려워하니 아내나 아이들은 말할 나위가 없었을 것이다. 어머니 입장에서는 너무 외로웠겠다는 생각이 이제야 든다.

생각과 문화의 차이로 인해 고부 갈등이 심했다. 내가 힘들어하는 아내 입장에서 한마디 하자 본인의 서운한 소회를 말씀하시는데, 내가 미처 생각 못한 깊은 뜻도 있었다. 큰 틀에서는 아내를 많이 힘들게 하셨지만, 나름대로 선을 지키시면서 따뜻함을 보여 주신 면도 많았다.

나는 아내와 어머니 사이에서 균형을 잘 잡아야 한다는 강박관념이 심했다. 그래서 어머니에게 생각보다 많이 쌀쌀하게 대했던 것 같다. 그러나 어머니는 그런 나의 태도를 "저 사람은 원래 저렇게 좀 쌀쌀맞은 사람이야"라며 이해해 주셨다.

아내가 암 진단을 받자 어머니는 큰 충격을 받으셨다. 많이 달라진 모습으로 아내를 배려해 주셨다. 자진해서 부엌일을 맡아 하시고 아내를 이해하고 받아들이시는 모습이 너무 감사했다.

내가 아내에게 무심해 보였는지 어느 때는 마누라한테 신경 좀 쓰고 잘하라고 말씀하시기도 했다.

'홀어머니의 외며느리'

우리 시대에는 최악의 조합이라고들 했다. 그 당시는 왜 그런 소재의 드라마가 그리 많았을까? 그런 조건을 감내해 준 아내가 너무 감사했다.

가능하면 나는 아내 편에 서리라 생각했다. 어머니는 서운하기도 하셨겠지만 잘 삭여 주셨다. 우리 가정이 드라마와는 비교할 수 없이 평온했던 것은 두 분 모두 훌륭했기 때문이다.

아내가 아플 때 보여 주신 어머니의 헌신도, 묵묵히 어머니를 받들어 모신 아내의 인내심과 현명함도 너무너무 감사하다.

어머니 10주기를 넘기면서도 어머니 좋았던 면만을 회상하는 아내가 더욱 감사하다.

# 작은 일에도 감사함을 일깨워 주신 어머니

왕기철

명창, 국립전통예술중고등학교 교장

43세에 아버지를 잃고 홀로 8남매를 기르느라 힘들고 고달픈 삶을 사시면서도 항상 넘치는 사랑을 주셔서 고맙고 감사합니다.

8남매 자식새끼들 굶길까 봐 새벽부터 남의 집 품을 팔아 배불리 먹게 한 어머니의 모습. 지금도 가슴이 아파옵니다. 작은 것의 감사함을 알고 헌신적인 사랑으로 키워 주셨기에 오늘날 국립전통예중고 교장으로 그리고 판소리 명창으로 인정받는 소리꾼이 될 수 있었습니다.

당신은 정작 배우지 못해 까막눈이지만 자식들은 배워야 한다고 힘들고 고된 일 마다 않고 뒷바라지해 주신 어머니, 소리꾼인 나를 낳고 길러주신 어머니. 내 어머니가 되어주셔서 너무 고맙고 감사합니다. 어머니, 지금은 아무리 불러도 대답이 없지만, 오늘도 어머니가 그립고 보고 싶습니다.

# 삶의 모범이 되어 주신 어머니

김문영
KPX케미컬 사장

초등학교 이후 한 번도 공부하라는 말씀을 하지 않으셨고, 맘껏 놀 수 있게 해 주셔서 그나마 제가 정서적으로 안정되게 성장했다고 생각합니다. 감사합니다.

형이 초등학교 4학년 때 뇌염에 걸려 생사의 기로에 있을 때, 전도사님을 모시고 기도를 통해 형이 완치되는 은총을 경험하게 해 주셨습니다. 감사합니다.

30년 넘는 기간 동안 새벽기도를 빠짐없이 다녀주신 덕으로 지금의 제가 있다는 생각입니다. 감사합니다.

제가 군 생활 중 여동생이 병으로 운명을 달리했을 때, 제가 충격을 받을까 봐 제가 휴가를 나올 때까지 알리지 않고 그 아픔을 감당해 주셨습니다. 감사합니다.

할아버지, 할머니를 25년 가까이 모시고 사신 모범을 자식들에게 보여 주셨습니다. 감사합니다.

# 잘 가시라는 말도 못 했는데……

류지연
작가

엄마는 성격이 솔직하며 강인한 분이셨습니다. 29일 전, 엄마가 전화하셔서 엄마는 오빠의 여자친구가 오는 자리에 오라셨습니다. 그날이 저의 두 번째 공저를 출간하는 날이었습니다.

"엄마 오늘이 어떤 날인 줄 알아? 엄마는 오빠밖에 모르지?"라면서 엄마에게 쏘아붙였습니다. "네가 아무리 바빠도 오빠 장가갈지 모르는데 당장 와!" 단호했습니다. 괜시리 오빠가 미웠고, 엄마에게 화를 냈답니다. "엄마는 나한테 안 미안해? 이런 말 하고?" 화풀이를 했는데, 그게 엄마와의 마지막 대화였습니다. 그날 저녁 엄마가 급작스럽게 쓰러지셨고, 바로 병원 응급실로 실려가셨답니다. 우리가 뛰어갔을 때 엄마는 혼수상태였습니다.

"엄마, 엄마한테 아직도 할 말 많은데, 왜 여기 이러고 있어!" 가느다란 엄마의 정신은 돌아오지 않았습니다. 엄마한테 잘 가라는 말도, 아니, 잘못했단 말도 못하고, 그냥 그렇게 엄마의 죽음을 마주했습니다. 너무 기가 막혀 눈물도 나지 않았는데, 29일 되던 날부터 터진 눈물이 엄마가 돌아가신 6개월째, 가슴에 멍이 들도록 시리고 아팠습니다.

엄마가 가르쳐준 것은 당신이 살아 있었다는 존재감! 그것이 엄마가 남긴 선물이었습니다. 얼마나 소중하고 감사했는지……. 기억하시고 예수님을 뚜렷이 믿는다고 하심 감사합니다.

# 7

## 어머니는 늘 사람이 먼저였다

# 어머니는 늘
# 사람이 먼저였다

흑산도에서 혼자 나를 키우시면서 어머니는 엄청나게 노력하고 절약하셨다. 하지만 어떤 경우에도 절대로 물질을 먼저 생각하지 않으셨다. 늘 사람이 먼저였다.

어머니 덕분에 나는 주변의 그 누구보다도 친척들과 가깝게 지낼 수 있었고, 친구나 선후배들과 우의 있게 지낼 수 있었다.

심지어 돈을 떼먹은 사람 등 좋지 않은 사람들과도 가급적 나쁜 인연을 맺지 않도록 깨우쳐 주셨다. 사람은 언제 어디서 다시 만날지 모른다고 늘 말씀하셨다. 그러니 특히 헤어질 때 잘하라고 하셨다. 내가 조금만 손해 본다고 생각하면 부딪치지 않을 거라고 충고해 주셨다.

어머니가 결정적으로 건강이 안 좋아지신 것은

엉치뼈를 다치면서부터였다.

철봉에 매달린 이웃 할머니가 힘이 빠지셨는데

주변에 사람이 아무도 없자

본인이 힘에 부쳐 다칠 수 있다는 것을 뻔히 알면서도 받아 주셨다.

그런 어머니의 성격 때문일까.

서울에 살면서 만나게 되는 흑산도 분들 중에서 많은 분들이

어머니 안부를 물으신다.

그러면서 꼭

"어머니에게 잘해 드려야 한다. 너무 훌륭한 분이다. 고생 많이 하셨다"

는 말씀을 덧붙이신다.

어머니는 참으로 억척스럽게 일하시고 돈도 모으셨다. 그러면서도 돈
보다는 늘 사람이 먼저였다.

나에게는 늘 손해보고 살라고 하셨다. 특히 헤어질 때 더 잘하라는 말
씀은 지금도 새기면서 실천하고 있다. 그래서일까? 내가 기억하는 한
다시 만날 때 어색해질 만한 이별은 없었다고 생각한다. 물론 서로 생
각이 다르니까 조금씩의 섭섭함은 있을 수 있겠지만…… 어머니는 나
에게 최고의 스승이셨다.

# 인간관계의 달인

어머니는 동네 사람들과 두루 친하게 지내셨다.
나도 그런 영향을 많이 받은 것 같다.
흑산도에서 살면서 다섯 집 정도를 이사했는데
가는 집마다 어머니는 주인집과 잘 지내셨다.
살 때는 물론 이사를 나온 후에도 좋게 지내셨다.
그만큼 인간관계를 잘 맺으셨다.

# 아들 친구들에게도 신경 써 주신
어머니

어머니는 내게 좋은 친구 많이 사귀라고 귀에 못이 박히도록 말씀하셨다. 초등학교 때까지는 내가 잘못해도 모두 나쁜 친구 때문이라고 하셔서 속도 많이 상했다.

그러나 내가 중학교에 입학하자 그런 말씀을 하지 않으셨다. 중학교 시절 내가 집에서만 혼자 지냈으면 어땠을까 생각해 봤다. 내가 친구 집에 가는 것을 말리셨더라면 점점 더 내성적이고 폐쇄적인 성격으로 굳어졌을 것이란 생각이 든다.

어머니가 시골 친구들을 이해하기까지는 시간이 좀 걸렸다.

어머니의 중심에는 늘 내가 있었고, 나는 더 훌륭한 사람들과 교류해야 한다는 생각이 워낙 강하셨다. 어렸을 때도 어머니 기준이라면 같이 놀 친구가 별로 없었다.

그러나 고향 친구의 소중함을 이해한 후에는 더 따뜻하게 대해 주셨다.

고향 친구 중에는 술꾼들이 많아서 늦게까지 머물러도 어머니는 반갑
게 대해 주셨다. 아내에게는 미안했지만 …….

"너는 외로우니까 좋은 친구를 많이 사귀어라."
"남들에게 늘 베풀고 살아라."
"남들에게 원망받는 행동을 하지 말아라."
어머니 베갯머리 교육의 핵심 대사다. 그런데 초등학교 때까지는 어머
니의 좋은 친구에 대한 기대치가 너무 높고 나하고 달라서 자주 충돌하
였다. 그러나 나중에는 생각이 바뀌셨다. '내가 좋아하는 사람이 좋은
친구'로.
친구들을 따뜻하게 대해 주시는 어머니가 그렇게 고마울 수가 없었다.

# 선생님들과의 관계를 맺어 주신
# 어머니

내가 초등학교에 다닐 때 어머니는 선생님들과 가깝게 지내셨다.
어른이 되어서 생각해 보니 나에게 좋은 영향을 미치게 하려고 일부러
노력하셨던 것이다.

담임 선생님들께는 어머니께서 헌신적으로 잘하신 것 같다. 내 기를 살
려 주려는 깊은 마음에 그러셨던 것인데, 나는 내가 공부를 잘하니까
당연히 선생님들이 나를 예뻐한다고 생각했다.


3학년 때 담임이셨던 조준행 선생님은 우리 집에 와서 식사도 많이 하
셨다고 했다. 선생님이 자기 교과서를 나에게 주셨는데, 그때는 왜 그
랬는지 몰랐다.

4학년 때 담임이셨던 김용원 선생님은 흑산도 분이셨고, 우리 반 친구
의 형이었다. 학급 신문인 '파랑꿈'을 발행했는데, 그때 처음 세워진 교
문 아치를 취재하러 교장 선생님을 기자 자격으로 만난 기억이 난다.

어머니는 이 선생님하고도 많이 친하셨다.

김상표 선생님 댁에 많이 놀러 갔다. 선생님이 약주도 좋아하시고 정이 많은 분이셨다. 사모님도 참 인자하신 분으로 기억된다. 내 졸업식 날 저녁에 한잔 드시고 우리 집에 오셔서 책상 위에 놓여 있던 상장 뒤에 다 써 놓으신 글이 지금도 남아 있다.

강희대 교장 선생님 댁에도 많이 따라다녔다. 어머니는 선생님들 댁에 갈 때는 늘 나를 데리고 다니셨다. 교장 선생님은 다음에 비금 동초등학교로 전근하여 비금 이모님 댁 바로 옆에 사셔서 그 뒤로도 뵐 수 있었다. 그 당시는 교장 선생님은 너무 높게 보여 아무나 개인적으로 만날 수 없다고 생각했다.

어머니가 선생님들과 친하게 지내신 것은 지금의 기준으로 보면 치맛바람일까? 그렇게 볼 수도 있겠지만, 물질이 아닌 정성으로 선생님들을 대하셨던 것 같다.

다섯 살 때쯤 수녀님들이 집에 와서 나를 업고 성당에 가곤 했다. 많이 예뻐해 주신 것 같다. 이 역시 어머니의 은덕이다. 어머니가 아름다운 추억을 만들어 주신 것이다.

방학이면 고향에 오는 선배들과 어울릴 수 있도록 다리를 놓아 주셨다. 늘 배울 데가 있는 사람과 어울려야 한다고 말씀하셨다.
초등학교 시절 학교 바로 밑에 있는 덕자네 집에 살았는데, 선생님들이 자주 오셨고 가끔 선생님들을 모시고 함께 식사를 했던 기억이 있다.
어른이 되어 생각해 보니 맹모삼천지교를 어머니께서 실천하셨던 것 이다.

## 사람을 좋아하신
## 어머니

단칸방이었지만

어릴 때 우리 집에 손님이 많이 오셨던 기억이 난다.

겨울을 빼곤 마루나 마당에서 함께 모여 음식도 나눠 먹곤 했다.

어머니의 사람 좋아하는 성격을 내가 닮은 것 같다.

병원에 계실 때는 몸이 힘드신데도

면회 온 사람들에게 일일이 관심을 보여 주셨다.


어머니는 이해관계로 사람을 만나시지 않은 것 같다.

사람이 좋아서 만나지

이해관계에 따라 더 친하게 지내고 이럴 줄을 모르셨다.

나도 어머니의 영향에서 못 벗어나는 것 같다.

어릴 때 집에 손님이 오면 그렇게 좋을 수가 없었다. 지금 생각해 보면 선생님들이나 동네에서 존경받는 분들이 주로 오셨던 것 같다.

어머니가 그냥 사람을 좋아해서라고만 생각했는데, 그것이 다는 아닌 것 같다. 아들의 교육에 도움이 되는 분들이 주로 왔다면, 그 모두가 우연은 아닐 것이다.

# 직원들을 고맙게 생각하신
어머니

어머니가 회사 직원들에 대한 인식을 많이 바꾸셨다. 과거에는 옛날 사고방식 탓에 아랫사람이라고 생각하셨다. 이제는 나를 도와주는 사람, 고마운 사람으로 생각이 바뀌셨다.

가끔 보는 회사 직원들에게도 많은 사랑을 주셨다. 선미, 영화, 영희, 이순, 혜량, 은전 등이 기억에 많이 남아 있는 모양이다. 가끔 이 친구들 말씀을 하곤 하셨다.

"직원들에게 잘해라."
"헤어질 때 더 잘해라."
어머님의 이 말씀을 늘 가슴 속에 간직하고 살아갑니다.

# 어려운 사람들에게 늘 잘해 주신
# 어머니

흑산도에 살 때는

외숙 밑에서 일하던 사람들에게 참 잘해 주셨던 것 같다.

그분들이 나중에도 늘 어머니 이야기를 하셨다.


청포묵을 만들어 팔러 오시는 아주머니가 있었다.

어머니는 이런 분들은 그냥 보내지 말고 팔아 줘야 한다고 하셨다.


방배동에 이사 와서는

경비나 청소하시는 분들을 참 잘 챙겨 주셨다.

맛있는 음식 같은 게 있으면 반드시 챙겨다 주시고

남는 물건은 나누어 주기도 하셨다.

어머니가 이분들하고 친하게 지내니까

동네 주민들 정보를 많이 알 수 있었다.

내가 주민 자치회 회장을 할 때는

동네 초소 경비 분들의 애로 사항을 듣고 나에게 전달해 주셨다.

어머니는 약자들의 대변인이셨다.

어머니는 본인이 힘들고 어려울 때 신세 진 분들의 은혜를 잊지 못한다고 늘 말씀하셨다. 그래서 역지사지의 정신으로 힘들고 어려운 분들을 보면 그냥 지나치지 못하셨던 걸까? 어릴 때 기억으로는 행상하시는 분들이 우리집에서 식사를 많이 하셨다. 우리 먹고사는 것도 어려웠던 시절인데…….

지금와서 생각하니 어머니께서 그분들의 처지를 이해하고 챙겨 주셨던 것이다. 서울에서도 환경미화원, 경비원, 행상인들에게 따뜻한 말 한마디라도 건네고 챙겨 주시는 모습을 많이 목격했다. 어머니의 이런 모습을 보면서 자연스럽게 교육이 된 것일까? 우리 가족 모두도 힘들고 어려운 사람들을 만나면 그냥 지나치지 않는다. 어머니께서 행복하게 사는 방법을 가르쳐 주신 것이다.

감사합니다, 어머니! 모범을 보여 주셔서…….

## 배려하기 어려운 사람까지 배려하신
## 어머니

암사동에서 장위동으로 이사 온 후 자주 암사동을 찾으셨다.

처음에는 그저 친구들이 보고 싶어서 그러시는 줄만 알았는데,

나중에야 빌려 준 돈을 받으러 다니셨다는 것을 알게 되었다.

몸과 마음이 다 지쳐서야 나에게 알려 주셨다.

나에게는 걱정 끼치게 하고 싶지 않으셨단다.

돈을 떼먹은 사람이 하도 고약하게 굴어서

재판을 거쳐 법정이자까지 포함해 다 받아 냈다.

얼치기 상식으로 소멸시효 운운하던 나쁜 사람이었다.

그런데도 어머니는 너무 가슴 아프게는 하지 말라고,

이자는 일부 감해 주라고 하셨다.

이제는 어머니의 뜻을 알 수 있을 것 같다.

그 당시는 이해하지 못했지만. (아들놈이 돈 번다고 서울에 오셨는데, 정작 아들놈은 별 희망이 없어 보이니 몰래 일을 하셨던 것이다.)

어머니가 돈을 떼이게 되었다는 얘기를 들었을 때는 정말로 화가 많이 났다. 어머니의 선의를 배신한 처사 때문이었다. 돈을 빌려준 지가 10년 가까이나 되었지만 어머니는 상대가 어렵다 하니 원금만 달라 하셨는데 그분은 소멸시효가 지나면 원금도 줄 의무가 없다고 했단다.

내가 나서서 법정이자까지 모두 청구해서 승소했어도 꿈쩍을 않더니 집달관이 집행을 시도하자 그제서야 원금을 드릴 테니 이자를 깎아 달라고 한다. 하도 화가 나서 내가 고집을 부리는데도 어머니는 이자를 깎아 주라며, 너무 가슴 아프게 하면 안 된다 하셨다.

어머니가 옳았습니다. 그분의 소행은 괘씸했지만 내 고집대로 했으면 우리 마음도 편치 못했을 겁니다. 그런 상황에서 어떻게 그런 배려의 마음이 생길 수 있었을까요? 이런 통 큰 배려가 나에게는 큰 감동이었고, 삶의 지혜를 배우는 교육이었습니다.

# 나눔을 가르쳐 주신 어머니

백경학

푸르메재단 상임이사

어머니는 새벽 네 시가 되면 어김없이 일어나셨다. 방방이 돌며 연탄불을 가신 뒤 여덟 가족의 아침을 준비하는 것으로 하루를 시작하셨다. 그럴 때면 부엌에서 어머니의 기도 소리가 들려 왔다. "자식들이 착하고 건강하게 살아가게 해주십시오."

검약을 몸소 실천하셨던 어머니께 우리들은 낭비의 화신이었다. 수돗물을 틀어놓고 머리를 감고 금보다 귀한 전깃불을 밤새 켜놓았다. 그럴 때면 어머니는 가슴을 두드리며 "굳은 땅에 물이 고이는 법"이라고 한탄하셨다.

하지만 하루에도 몇 번씩 찾아오는 걸인에게는 아낌없이 따뜻한 고봉밥을 내주셨다.

암으로 돌아가신 뒤 어머니 장롱을 정리하다 보니 자식 주려고 소중히 간직한 화장품과 패물이 나왔다. 그날 참 많이 울었다. 우리 자식들이 집칸이나 마련해 건강하게 살아갈 수 있는 것은 평생 절약과 근면을 실천하시고 가난한 사람들에게 많이 베푸신 어머니의 음덕이 아닐까 한다.

# "당당하게, 남을 도우며 살아라"

조용근

전 대전국세청장, 전 한국세무사회장

어머니는 내가 군복무 중인 지난 1972년 겨울, 52세 젊은 나이로 한 많은 생을 마감하셨다. 나에게는 생명보다 더 귀한 분이셨다.

무엇보다 고맙고 감사한 것은 언제 어디서나 나에게 "너는 우리 집 기둥이야. 너는 무엇이든지 잘할 수 있어! 그러니 절대로 기죽지 말고 당당하게 살거라. 그러면 다른 사람들이 너를 우러러볼 것이다"라고 늘상 격려해 주신 것이다.

"주위에서 어렵게 살아가는 사람들을 보거든 절대로 못 본 체하지 말거라"라고 어릴 때부터 훈육해 주신 어머니를 한순간도 잊을 수가 없다. 나는 그 뜻을 받들어 어머니의 이름에서 가운데 글자를 따서 '석성장학회'와 중증장애인을 돕는 '석성1만사랑회'를 설립해 지금껏 잘 운영해 오고 있다. 어머니가 얼마나 고마운지 모르겠다.

# 저도 어머니처럼 살겠습니다

전병식

디프산업 대표

박점식 회장님의 어머님의 대한 감사의 글을 읽으면서 내 마음속에 늘 어머님에 대한 미안함 때문에 죄송한 마음을 금할 수 없다. 어머님은 1989년 봄에 하늘나라에 가신다고 말씀하시면서 편안하게 돌아가셨다.

생존해 계실 때는 음식을 맛있게 만들어서 주변 이웃들에게 나눠 주는 일을 많이 하셨다. 당시에는 밥 먹기가 다들 어려운 때라 사람들을 집으로 데려와서 대접하기도 했던 기억이 난다.

어머님의 자식에 대한 무한한 사랑과 더불어 몸소 보여 주셨던 감사와 나눔을 나 역시 주변 사람에게 실천하고자 노력하고 있다.

어머님 죄송합니다. 사랑합니다.

'페이 잇 포워드(Pay it forward)!' 저도 어머니처럼 남을 돕고 사랑하며 살겠습니다.

# 8

## 어머니는 늘 기다려 주셨다

어머니는 늘
기다려 주셨다


나는 어머니를 많이 힘들게 했다.

그때마다 얼마나 갈등이 많으셨을까.

그러나 어머니는 내가 스스로 일어설 때까지

언제나 기다려 주셨다.

# 눈감아 주신
어머니

사춘기에 접어들면서

나는 나의 처지를 과장되게 비관적으로 몰아갔던 것 같다.

그러면서 술 담배를 시작하고,

오히려 더 많이 맞아야 할 행동을 보였는데도 모른 체해 주셨다.

아직도 그 깊은 뜻을 알 수가 없다.

나는 스스로 잘못을 인정하지 않는 한

내가 뭘 잘못했느냐며

도망가지 않고 묵묵히 앉아서 매를 고스란히 다 맞는 성격이었다.

그런 내 성격을 아신 어머니가

혼내는 것보다는

스스로 잘못을 깨닫고 돌아올 때를 기다리셨던 게 아닐까.

## 알면서도 모른 척

중학교 시절 술 담배를 하면
냇가에서 세수를 하고
냄새를 없애려고 입을 헹구고 솔잎을 씹곤 하였다.
지금 생각하면 그 좁은 방에서 냄새가 나지 않을 리 없는데,
아무 말씀을 하지 않으신 것이 지금도 이해되지 않는다.

# 끝까지 아들을 믿어 주신
## 어머니

당시 우리 중학교는 고등학교 진학률이 10% 정도였다. 형편이 괜찮은 친구 중에도 진학을 하지 못하는 경우가 드물지 않았다. 따라서 나도 당연히 고등학교는 언감생심이어서 지레 포기하고 술 담배를 하면서 엇나갔다.

그러나 어머니는 당신의 의지와 노동력만으로 나를 고등학교에 보내 주셨다. 그 당시 어머니는 가지고 있던 돈도 사기당하고 매우 어려운 시절이었다. 외숙도 도움을 주지 않았고……. 나는 당연히 외숙이 도움을 주신 줄 알았다. 나중에야 알았고, 내 행동에 많이 후회했다.

내 인생을 돌아보니 중학교부터 고등학교, 사회생활에 이르기까지 탈선을 참 많이도 했던 것 같다. 그때마다 제자리로 돌아올 수 있었던 힘은 묵묵히 믿고 기다려 준 어머니였다.

어머니는 내게 늘 "너는 잘할 수 있다", "너는 최고다"라고 말씀하셨다.

때로는 태몽 얘기를 해 주시면서 너는 잘될 거라고 늘 자신감을 불러일으켜 주셨다.

초등학교 때는 매로, 중학교 때는 말씀으로 나무랐지만 그 이후에는 나를 믿고 전혀 간섭하지 않으셨다. 나는 어머니에게서 공부하라는 말을 들어 본 적이 없다. 나를 믿으셔서 그랬을까? 믿어서라기보다는 요즈음 용어로 넛지 효과를 주셨다. 내가 공부할 수 있는 분위기나 환경을 만들어 주셨다.

중학생이 되어 내가 기대만큼 모범생이 되지 못해도 크게 개의치 않고 믿고 맡겨 주셨다. 중학교 2학년 초부터는 매를 놓으시고 말씀으로 훈육을 하셨다. 때리는 것보다 더 아팠다. 이제 생각해 보니 참 많은 얘기를 들었던 것 같다. 그 말씀들이 내 머리에, 내 가슴에 각인이 되어 내 삶의 지표가 되었다.

사춘기가 시작될 무렵부터는 말씀으로 혼내는 것조차도 잘 하지 않으셨다. 믿고 지켜보셨다. 스스로 일어설 때까지 참고 기다려 주셨다.

결혼 전 술과 친구를 좋아해서 툭하면 외박을 하는 등 퍽이나 속 썩이는 생활을 했지만 건강이나 안전 문제만 걱정하셨고, 다른 문제는 나를 끝까지 신뢰해 주셨다.


동상 걸린 손을 담뱃잎 삶은 물에 많이 담그도록 해 주셨다. 좋다는 약은 다 사용해 본 것 같다. 담뱃잎 물이 식을 때까지 손을 담그고 있어야 하는데, 빨리 놀러 나가고 싶어서 친구에게 찬물을 몰래 가져오라 해서

부어 놓고 다 식었다고 둘러대고 나가곤 했다. 아마 어머니도 다 알면서 모른 체하셨을 것이다.

하루는 담뱃잎 물에 손을 담그라고 하시는데, 살짝 손을 넣어 보니 너무 뜨거웠다. 그래도 어머니는 내가 또 무슨 수작을 부리는 줄 알고 내 손을 억지로 잡아서 넣으셨는데 손등이 다 벗겨지는 화상을 입었다. 지금도 그 흉이 남아 있는데, 너무 놀라신 어머니 얼굴이 지금도 떠오를 정도다. 그 후론 내 말을 절대 신뢰해 주셨다.

세무사 합격자 발표가 났을 때에도 어머니는 덤덤하셨다. 당연히 합격할 것이라는 믿음 때문이라나? 나에 대한 과도한 믿음이 부담스럽기도 했지만, 이런 것이 나의 가장 큰 경쟁력이었던 것 같다. 어떤 상황에서도 나를 신뢰해 주신 어머니의 영향으로 나도 다른 사람을 신뢰할 수 있게 된 것 같다. 배신도 많이 경험하긴 했지만……

성인이 되어서는 작은 행동 하나하나에 대해서는 말씀을 하셨지만 큰 흐름은 나에게 맡기는 편이셨다. 묻지도 않으셨다. 내가 어떤 결정을 하든지 믿어 주셨다.

# 세상이 다 욕해도

1980년의 혼란한 시기에 깡패 단속 중 난데없이 내가 패거리로 몰려 구속되었을 때에도 왜냐고 묻지 않으셨다. 당연히 뭔가 오해가 있었을 거라고 철석같이 믿고 계셨다.

세상 사람이 다 내 자식 욕을 해도 부모는 믿어 줘야 한다는 얘기를 들었다. 새삼 나에 대한 어머니의 믿음이 나를 어떻게 지탱시켜 왔는지 생각하니 경이롭기까지 하다.

나는 내 아이들을 얼마나 믿어 줬는가?

그 당시는 절대 신뢰가 나를 오히려 힘들고 부담스럽게 한다고 생각했다. 나도 잘못할 수 있는데 왜 나무라지 않으시는 걸까?

스스로도 잘못을 알기에 차라리 야단을 맞는 게 더 후련하다고 생각한 것이다. 그러나 먼 훗날에야 깨달았다.

어머니의 절대 신뢰가 나를 스스로 일어날 수 있게 한 강력한 힘이었음을….

# 정신이 없으실 때도

말년에 병상에 누워 계실 때
알아듣지 못할 말씀을 하시면서 뭔가를 걱정하시곤 했다.
내가 가서 다 처리했으니까 걱정하지 말라고 말씀드리면
"그러냐?" 하시면서 수긍하셨다.
그 상황에서도 내 말이라면 무조건 신뢰하신 것이다.

정신이 오락가락하는 중에도 아들의 거짓말까지 신뢰하며 환하게 미소 짓던 그 모습이 몹시도 그립습니다. 저의 가장 큰 자산은 어머니의 신뢰와 사랑입니다.

어머니가 겉으로는 늘 의연한 척하셨지만 얼마나 많은 걱정을 안고 사셨던 걸까? 과거의 기억 속에 갇혀 있는 치매 상황이 되어서야 걱정을 드러내기 시작하셨다. 그때까지도 어머니의 마음을 헤아리기보다는 내 말을 무조건 믿어 주시는 것에만 주목했다. 이제야 어머니의 힘들었던 상황과 마음을 조금씩 이해할 수 있을 것 같다. 누구에게도 말 못하고 당신의 가슴에만 담아 두느라 얼마나 힘드셨을까? 그런 와중에도 아들의 다 처리했다는 한마디에 "그러냐? 알았다." 하시며 안도하시는 어머니! 어머니! 죄송하고 감사합니다.

# 아들의 공부를 기뻐하셨던 어머니

막 한글을 배우던 때

목포에 나가 어른들을 따라가다가

간판 글씨를 읽느라 몇 번이나 어른들을 놓치곤 했다.

그 이야기를 전해 들은 어머니가

너무 좋아하시던 모습이 기억난다.


예전 시골에서는

대개 아이들에게도 한 몫의 일을 시키는 것을 당연시했다.

학교를 제대로 다니는지는 관심 사항이 아니었다.

내 친구들도 대부분

소를 돌본다든지, 쟁기질이나 지게질을 하면서 집안일을 도왔다.

어머니는 나에게 그런 부담은 전혀 주지 않으셨다.

초등학교 시절 방학 때

상고에 다니는 선배들의 주산 교육을 받고 주산 급수증을 받자
그렇게 좋아하실 수가 없었다.


내가 세무사 합격 후에 늦은 나이에 대학에 입학하자
어머니는 당신이 죄인인 양 미안해하셨다.
그전 방송통신대학교에 다닐 때도
새벽 강의를 듣기 위해 깨워 달라고 부탁하면 그렇게 기뻐하셨다.


나의 뒤늦은 대학 졸업식 때
어머니는 제때 가르치지 못했다며 자책하셨다.
늦게나마 대학에 다닐 수 있게 된 것도 다 어머니 덕분인데…….

© 서경호

# 공부의 길로 이끌어 주신
어머니

고등학교에 갈 형편이 아니었는데도 어머니는 기어이 상고라도 가야 한다고 권해 주셨다. 일찍이 포기하고 공부와는 담 쌓고 지내 왔는데……

중학교 때 너무 빠르게 자포자기 상태에 빠져서 공부를 놓아 버렸지만, 어머니를 실망시켜 드리지 않으려고 학교 시험을 위한 공부만은 벼락치기로 하면서 때워 나갔다. 그것이 나로 하여금 공부의 끈을 놓지 않게 한 원인이었다.

고등학교에 가서는 교복을 맞출 돈이 없어서 이른바 구호물자 중 검정코트지를 구해 아는 양복장이 집에 가서 3년을 입을 수 있게 크게 맞춰 달라고 부탁하셨다. 3학년에 가서야 옷이 맞았다. 그때는 부끄러웠지만, 나를 학교에 보내야 한다는 어머니의 집념, 지금 생각하면 감사하고 또 감사한 일이다.

내가 공부의 끈을 아주 놓지 않았던 것은
어머니의 희생과
어머니가 나에 대해 가지는 믿음에 대한 부담감 때문이었다.
어머니를 완전히 실망시킬 수는 없었던 것이다.
그것이 결국 나를 완전히 타락하는 것으로부터 막아 준 힘이었다.
내 인생을 바꿔 준 것도 공부였는데,
이 역시 어머니의 공부에 대한 미련을
늘 머릿속에 두고 살았던 덕분이다.

젊은 시절 한때 백화점에서 배달 사원으로 일했다.
함께 입사한 두 명의 친구들과 소주 한잔 하면서

미래를 얘기할 때면 나는 공부를 할 거라고 얘기했다.
내 마음속에 있는 어머니의 기대 때문이었을 것이다.
세무사가 된 후 이 친구들을 만났을 때
"늘 공부해야 한다고 얘기하더니, 역시 해냈구나" 하며
축하해 주었다.
갑자기 어머니가 떠올랐다.

어머니는 다 알고 계셨다. 내가 고등학교 진학을 포기하고 공부를 놓아 버린 것을…… 그런 나에게 단 한 번도 왜 공부하지 않느냐는 말씀을 하지 않으셨다. 대신 중3이 끝나가는 어느 날 나를 불러 앉히고 "내가 무슨 수를 써서라도 너를 고등학교에 보내 줄 테니 준비해라" 하셨다. 얼마나 마음이 아리셨을까?

사기로 돈을 다 날리고 정상적으로는 나를 진학시키기가 불가능했기에, 목포에서 당신의 모든 인연을 동원하셨다. 하숙집, 양복점 등 신세를 질 수밖에 없었다.

고등학교에 갈 수 있다는 희망에만 부풀어서 어머니의 고충은 헤아리지 못했다. 그 시절을 돌아보면 참 많이 부끄럽다. 그런 아들에게 싫은 말씀 한 번 하지 않으셨다. 대형 사고를 친 경우를 제외하고는…….

# 어머니, 개나리가 보이시나요

최기남
천지세무법인 대표이사

대학 입학할 때쯤 친어머니가 아니라는 사실을 알고 한동안 참 못되게 굴었습니다.

가슴으로 우셨을 어머니는 내색도 않으시고 내 몸이 상할까만 걱정하셨지요. 어머니는 사랑을 제가 깨우치게 하셨습니다.

어려서부터 성인이 된 후까지도 어머니는 누구를 만나시든 "우리 막내 같으면 서른한 명도 키울 수 있다"고 웃으며 크게 말씀하셨습니다. 그럴 때마다 가슴이 뿌듯해지고, 슬며시 미소 짓곤 했었지요. 왜 서른한 명일까? 어머니는  내 가슴에 무너지지 않는 자신감을 심어 놓으셨습니다.

어머니는 개나리꽃을 참 예뻐하셨습니다. 해마다 노란 개나리를 보면 늘 어머니가 더 보고 싶습니다. 도솔천에서 보일까 싶어 어머니 곁에 개나리 울타리를 짓고 있습니다.

# 자식을 위해 늘 기도하시는 어머니

지상철
대덕전자 전무

늘 하나님께 기도하심으로 저희 자식들이 평안하게 살아가도록 보호해 주심에 감사드립니다.

아버지가 아프신 동안 헌신적으로 아버지를 돌봐 주시고 아버지가 평안하게 영원한 안식을 취하게 해 주심에 감사드립니다.

아버지의 빈자리가 크고 슬픈 마음이 가득하시겠지만 힘내시면서 어머니 건강을 우선으로 하겠다고 약속해 주심에 감사드립니다.

# 어머니의 눈물의 기도

박대영
전 삼성중공업 사장

초등학교 시절 아버지 사업이 부도나면서 야반도주하다시피 금호동 산골짜기 빈민촌 판 잣집으로 이사를 가서 할아버지를 포함해 일곱 식구가 한 방에서 살았습니다.

장충동에 있던 학교를 걸어다니며 어찌어찌 일류 중학교에 들어갔지만 집안 사정이나 주변 환경도 공부할 분위기가 아니어서 아예 공부와 담쌓고 껄렁한 친구들과 어울리며 빗나가기 시작했고 타이르는 부모님께는 대들며 반항하기 일쑤였습니다.

그러던 어느 날 새벽에 이상한 소리에 잠이 깨어 주변을 살펴보니 어머님이 무릎 꿇고 작은 소리로 기도를 하고 계셨습니다.

"하나님 아버지, 우리 대영이가 자꾸 나쁜 길로 들어가고 있는데 주님이 꼭 붙잡아 주시 어 바른 길로 인도해 주시고…."

눈물로 호소하시는 어머니의 기도를 들으며 저 또한 쏟아지는 눈물을 참을 수 없었습니 다.

이를 계기로 저는 정신을 차렸고 제대로 사람 노릇을 할 수 있게 되었습니다.

지금도 힘이 들 땐 간절함이 가득했던 당신의 눈물의 기도를 생각하며 마음을 다잡고 있 습니다. 어머님의 기도가 저를 새로 태어나게 하셨음을 고백하며 어머님을 추억합니다.

# 감사는 보물찾기

나의 감사일기 중에서(2016년~2022년)

# 감사를 알게 된 친구 1

김우현 친구는 최근 들어서 나에게 특별한 사람이 되었다. 2012년 10월 22일 나의 감사강의를 듣고 그날부터 감사일기를 쓰기 시작하여 지금에 이르고 있는 친구다. 그동안 나에게 보내 왔던 메시지를 내 감사일기를 검색해서 편집해 봤다. 다시 읽어 봐도 감동이고 감사하다. 너무나 보람되고 감사하다. (2016년 10월 24일)

> "오늘도 저에게 감사일지를 쓰도록 감사 이야기를 전해 준 박점식 회장에게 감사합니다."

감사합니다.
어찌 감사를 이 작은 입술로 다 말하리요.
하루하루의 감사가 쌓여 어느덧 4년
매년 10월 22일이 되면 감사일지를 쓸 수 있도록 길을 보여 준, 친구이전에 존경의 대상이 되어 버린 박점식 회장님의 감사를 잊을 수가없습니다.

특별한 감사만을 감사했었고
누군가와 비교하여 더 나아진 것만을 감사했었고
나에게 무엇인가 채워졌을 때만 감사했었던 내가

회장님 덕분에 이제 평범함 속에서 감사할 줄 알고

비교하지 않고 나 자신이 가지고 있는 것을 감사할 줄 알고

나에게 쓸모없는 것들을 내려놓고 비워 낼 때에도 감사할 줄 알게 되었습니다.

## 감사를 알게 된 친구 2

박승동 친구가 제주도에서 돌아가서 장문의 감사문자를 보내 왔다. 매일 영성일기를 쓰고 있다는 친구의 생각과 생활 모습이 그려진다. 멋진 친구를 발견하여서 뿌듯하고 감사하다.

친구 고맙네.

23일날 '감사나눔의 터, 동훈네 집'에서 하룻밤을 지내면서 오랜만에 만난 친구에 대해 많은 생각을 하게 됐네.

불평, 불만과 원망이 가득하고 움켜쥐려고만 하는 세상에서 감사하고 나누면서, 선한 영향력을 끼치고 사는 친구가 자랑스럽고 부러웠네.

나눌수록 커지는 것이 기쁨이라고 하지만 이 말은 조금 추상적이라는 생각이 드네.

감사와 나눔이야말로 나눌수록 커지고 확대 재생산되어 돌아오는 구체적인 축복이라고 생각하네.

## 당뇨환자가 되어 감사

검진결과를 보러 갔다. 걱정했던 부분이 현실이 되었다. 한동안 입안이 마르고 소변을 자주 보는 증세가 있어서 걱정을 하다가 이내 괜찮아져서 한 시름 놓았더니 그게 아니었다. 이젠 약물로 치료를 해야 할 당뇨증세란다. 이제 술과 음식. 운동으로 다스릴 수밖에 없다. 그동안 병원에서 여러 차례 경고를 했음에도 무시해 온 나를 이제는 더 이상 어찌지 못하게 만들어 버린 것이다. 그러나 이렇게 하지 않으면 말을 잘 듣지 않는 나에게는 좋은 아픔이다. 감사하다. (2017년 7월 4일)

주윤선 선생이 당뇨교육 신청도 해 주어서 내일 교육을 받기로 했다. 진작에 최창진 선생이 이 교육을 받으라고 했는데 무시해 버렸었다. 언젠가부터 나에게 병원 불신 증세가 생겨나서 쓸데없는 교만심이 싹터 있었던 것 같다. 모두 다 존중할 수 있는 겸손한 마음이 필요한데, 지금이라도 깨닫게 되어서 감사하다.

아침부터 아내와 운동을 나가기로 했다. 약 10년 만이다. 2007년 아내가 수술을 받은 후 매일 아침 우면산에 올랐었는데⋯⋯. 그 후에 게으름 피우다 이제 문제가 눈앞에 떨어지니 재개한 것이다. 다시 한번 나에게 당뇨라는 경종을 울려 준 것에 감사하다. (2017년 7월 5일)

생각해 볼수록 적당한 시기에 건강검진을 했고 그 결과 당뇨판정을 받은 것도 행운(?)이다. 이런 일이 없으면 계속해서 술과 벗해서 살 것이고 운동은 늘 부족한 상태였을 것이다. 덕분에 운동도 본격적으로 할 수 있게 되었고 술도 자제하게 된 것이다. 감사하다. (2017년 7월 7일)

오늘은 날씨가 더 사납다. 기온은 9도인데 진눈깨비가 내릴 정도로 춥다. 폭풍주의보가 경보로 바뀌었단다. 봄이 오는 시샘이 너무 세다. 그래 봤자 지가 오는 봄을 막을 수는 없을 텐데 애먼 꽃들만 수난을 당한다. 어쩌면 이런 수난을 견디며 오는 봄과 꽃이 더 소중하게 우리에게 다가오는지 모르겠다. 어디 계절만이랴. 우리네 인생살이가 다 그런 건데……. 제주의 험한 날씨가 인생의 가르침을 주어서 감사하다. (2018년 4월 7일)


## 감사는 보물찾기

감사일기의 기능? 아무튼 감사일기를 쓰면서 얻게 되는 것에 대한 생각을 정리해 봤다.
자기 훈육 기능과 보물찾기 기능이 있다. 자신이 한 말이나 행동에 대해 나중에 글로 옮기다 보면 '아! 이건 잘못됐다. 다음부터는 이렇게 해야겠다' 하는 생각이 떠오른다. 이런 과정을 반복하면서 자신을 훈육시키게 된다. 이것을 자기 훈육 과정이라 해 봤다.

세상사 모든 일에는 양면성이 있다. 나쁜 일이 생기면 그 이면에는 반드시 선물이 대기하고 있다. 사람들이 그것을 발견하려고 노력하지 않고 나쁜 일에만 집중해서 투덜거리며 지나간다. 그러나 나쁜 일을 글로 옮기다 보면 왜 나에게 이런 일이 생겼을까? 한 번쯤 생각해 보게 된다. 조금 더 적극적으로 나쁜 일 뒤에 무슨 선물을 주려고 이런 일이 발생했을까 생각해 보면 거기에는 반드시 보물이 있을 것이다.

코로나 사태를 지나면서 혹독한 시련을 겪고 있지만 좋은 점도 헤아려 보면 매우 많다는 것을 많은 사람들이 인정하고 있다. 어쩌면 사소한 것을 잃고 보다 근원적이고 큰 선물을 받고 있지 않나 생각하게 된다. 나쁜 일은 최소한 향후에 그보다 더 나쁜 일이 발생하지 않도록 방지해 주고, 관점을 바꿔 보면 훨씬 좋은 선물을 주기 위해 이런 시련을 주었구나 생각하게 될 것이다. 이것을 보물찾기 기능이라 이름 붙여 보았다. 감사하다. (2020년 12월 29일)


## 군 장병들이 보여준 감사의 기적

8군단 장병들의 1000 감사 심사를 마무리했다. 심사 소감문도 작성해서 보내 주었다. 나에게도 소중한 시간이 되었다. 감사하다.

심사 소감문

8군단 장병들의 1000 감사 소감문을 읽어 보면서 감사의 기적을 다시 한번 실감할 수 있었다.

짧은 두 달여의 기간에 이렇게 엄청난 변화를 만들어 낸 장병들에게 진심으로 존경의 마음을 전한다.

이분들의 가슴에서 우러나오는 진실 고백에 대해 순위를 정하는 것이 큰 결례라는 생각을 하면서도 현실적인 필요에 의해 어쩔 수 없이 점수를 매겼음에 양해를 구한다.

세상이 온통 잿빛이었다고 고백한 사람, 이혼 선언을 받을 정도로 짜증의 나날을 보내던 사람, 매사를 부정적으로만 생각하던 사람들이 감사의 기적을 만들어 낸 이야기는 심사위원의 입장이 아닌 그분들의 진실 고백을 듣고 있는 듯한 착각을 하게 한다. 혼자 듣기에는 너무 아까워서 많은 분들과 공유하고 싶다는 생각을 하게 되었다.

각오들도 대단했다. 더 널리 감사를 나누고 싶고 1000 감사를 넘어서 꾸준히 감사활동을 하고 싶다는 각오를 다지고 있다.

사회에 나오더라도 이 각오가 지속되리라 굳게 믿으며 더 많은 사람들이 감사를 통해 진정한 행복을 만들어 가기를 기원합니다. (2020년 12월 20일)

## 데이터가 날아가 감사

아침에 감사일기를 썼는데 한순간에 데이터가 사라졌다. 에버노트가 업그레이드 되면서 편리해졌지만 문제도 있다. 에버노트에 데이터복구 요청을 해 놓았지만 다시 한번 감사일기를 쓰기로 했다. 어제의 감사한 일을 다시 떠올릴 수 있어서 감사하다. (2020년 11월 4일)


## 화를 다스리는 힘

조근호 변호사의 이번 주 월요편지는 '화를 다스리는 90초의 힘'이다. 감정에 불편함이 생기는 것은 자동반응 현상이고 뇌는 90초만 지나면 이 자동반응이 깨끗이 사라진다는 것이다. 그러나 계속 화가 나는 것은 스스로가 과거 경험을 끄집어 내서 화를 재생산해 내기 때문이란다. 그래서 화가 날 때 90초만 기다리면 거짓말처럼 그 화는 사라진다고 한다. 너무나 좋은 정보다. 감사하다. (2020년 2월 3일)


## 영하의 날씨에도 따뜻했던 어머니 산소

어머니 산소에 갔더니 의외로 따뜻하다. 햇빛이 따뜻하게 비추고 바람 한 점이 없다. 기온이 영하 1도임에도 너무나 따뜻하다. 아내가 "어머니가 아들 온다고 따뜻하게 해 주신 모양이네요" 한다. 그런 마음이 더 따뜻하고 예쁘다. 감사하다. (2020년 1월 21일)

## 동훈아, 미안해 1

동훈이에게 미안하다. 이 녀석이 하는 태도가 미워서 한마디 하고는 월요일부터 말을 걸지 않았다. 그렇게 잘못한 것도 아닌데 이것은 순전히 나의 문제다. 머리로는 그게 아닌데 하면서도 잘 되지 않는다. 참 어른스럽지 못한 행동이다. 아직도 나에게 이런 못난 구석이 남아 있다니 한심하다. 그래도 깨닫고 있음에는 감사하다. (2021년 12월 9일)

## 동훈아, 미안해 2

동훈이가 자신의 실수나 잘못을 좀처럼 인정하지 않고 고집을 부린다. 좀 심할 정도로 억지를 부리기도 한다. 그런데 오늘 새로운 사실을 깨달았다. 그 고집의 원인이 나에게도 있었다. 대화의 과정에서 상대가 자신의 실수를 쿨하게 인정하려면 그럴 수 있게 하는 분위기가 필요하다. 그런데 나는 상대를 너무 무안하게 만든단다. 그래서 오기를 부리게 되는 모양이다. 몰랐다. 말을 하지 않아서 그렇지 아내도 그런 부분을 느끼고 있을 것이다. 나도 그랬던 것 같다. 그래서 바로 인정했다. 너무나 소중한 것을 발견했다. 감사하다. (2021년 2월 15일)


## 더 큰 사고가 안 나서 감사

온몸에 힘이 다 빠져서 움직이기가 싫다. 집에서 간단하게 점심을 먹고 공항으로 바로 나갈까 하다가 일찍 나가서 이노우에서 밥을 먹기로 했다. 이노우에 주차장에 들어서서 주차를 하려는데 손님 차가 애매하게 주차되어 있어 안으로 들어가는 것을 포기하고 바로 꺾어서 주차하려는데 이미 많이 들어와 있어서 충분한 회전반경이 확보되지 않았다. 그래도 들어갈 수 있을 것 같아 들어가다가 살짝 긁어버렸다. 후진 후 들어갔어야 했는데 이미 늦었다. 아직도 몽롱한 정신 때문인가? 비싼 대가를 치른다. 공항으로 바로 갔더라면 이런 일이 생기지 않았을 텐데 하는 쓸데없는 후회도 해 보지만 오히려 그쪽을 선택했으면 더 큰 사고가 났을 수도 있다고 생각하고 그냥 감사하기로 했다. 감사하다. (2021년 10월 26일)

## 고향의 추억

사제관 앞 농구장 자리에서 빙 둘러보니 정말로 많은 생각들이 밀려온다. 빵을 만들던 건물, 방 한 칸 넓이의 도서관, 새로 배운 노래가 그렇게 많은 줄 몰랐는데 최근에 노래 공부하면서 '내가 이 노래를 중학교 때 다 배웠구나?' 하며 새삼 놀랐던 음악실.
탁구대가 하나밖에 없어서 진 사람은 나가고 이긴 사람은 남는데 탁구를 잘했던 나는 계속 시합을 하면서 으쓱해했던 탁구장.

건물 사제관에서 오렌지넥타를 훔쳤는데 어떻게 개봉하는지를 몰라서 못으로 뚫으니 노란 물이 솟구쳐 신부님 똥물이라고 외치며 도망갔던 일. 윗 운동장에서 체조 시간에 김연태 친구가 흘린 수첩을 선생님이 주워 살피다가 그 안에서 나온 외상목록에 박점식 소주 10병, 담배 5갑 등등 친구들의 비행이 고스란히 발각되어 학교 전체가 발칵 뒤집어진 일. 중학교 입학시험 발표하는 날 합격자 명단이 적힌 두루마리를 건물 벽에 붙이는데 첫 페이지에 적힌 '수석 박점식'을 보던 순간.
 운동장 뒷편 양지바른 묘지 잔디밭에서 점심시간에 마신 술을 깨려고 잠을 자던 시간들이 한꺼번에 다 떠오른다. 고향은 이렇게 많은 이야기를 품고 있다. 이런 시간이 너무 좋다. 감사하다. (2021년 10월 15일)

## 나의 큰 스승, 제갈정웅 이사장님

제갈정웅 이사장님을 뵈면 늘 내가 너무 일찍 열정이 식어 버린 건 아닌지 긴장하게 된다. 경기고, 서울상대, 은행, 대림산업에서 임원을 지내고 대림대학 총장을 그만두면서 이렇게 낮은 곳에서 하나하나 만들어 가고 있다. 그야말로 돈과는 관계없는 곳에서 최대한 낮은 자세로……. 대기업에서 얼마든지 고문이나 사외이사로 활동할 수 있을 텐데 모두 거절한 것으로 알고 있다. 큰 스승으로 가까운 곳에서 가르침을 받을 수 있음에 감사하다. (2021년 8월 21일)

## 기부는 내가 나에게 주는 선물

갑자기 '나에게 기부란 무엇일까?'에 생각이 미친다. 내가 누군가에게 도움을 줄 수 있다는 것은 우선은 내가 가장 좋아서 하는 행동이다. 그래서 이렇게 정의해 봤다. 기부는 '내가 타인에게 주는 선물이 아니라 나 자신에게 주는 소중한 선물이다.' 감사하다. (2021년 8월 19일)

# 김찬배 박사의 감사일기

『존중의 힘』과 『요청의 힘』의 저자 김찬배 박사가 오늘로 감사일기를
쓴 지 2,500일째가 된단다. 감사일기를 쓰게 된 동기가 나와 제갈정웅
총장님의 말씀에 감동받아서라고 적고 있다. 감사하다.

감사일기 2500일째

* 제갈정웅 전 대림대학 총장님과 천지세무법인 박점식 회장님의
  감사 실천에 관한 말씀을 듣고 감동하여 매일 5 감사일기를 쓰자
  고 결심했습니다.
* 2014년 1월 16일부터 하루에 5~10가지 정도 일기를 쓰기 시작하
  여 하루도 안 빠지고 썼는데 오늘로 2500일째입니다.
* 그리고 보니 7년 6일, 식사기도를 제외하고 가장 오랫동안 하루도
  빠지지 않고 실천한 유일한 일인 것 같습니다.
* 잠들기 전 하루를 돌아보며 모든 경험을 긍정과 감사로 전환시켜
  놓고 잠을 자다 보니 늘 숙면을 취하여 건강을 유지한 것 같습니다.
* 2500일 동안 감사일기를 쉬지 않고 써 온 저 자신과 날마다 감사
  의 대상이 되어 주신 모든 분들께 감사합니다. (2021년 1월 22일)

## 생일선물은 현금으로!

이번 생일에는 가족들에게 선물하려고 하지 말고 현금으로 송금하라고 했다. 아내가 가족 단톡방에 내 계좌번호를 올렸다. 무슨 일인가 할 것이다. 아마도 코로나로 선물 사는 고민을 해결해 주고 당일도 만날 수 없어서 그랬을 거라고 생각하지 않을까?
입금된 돈은 기부를 할 생각이다. 기부금 영수증은 보내는 사람 이름으로 하려고 한다. 수현이 부부가 아직은 그런 생각을 하지 못하는 것 같아 이렇게 시작하려고 한다. 내 뜻을 잘 이해하고 지속하길 기대해 본다. 감사하다. (2021년 1월 17일)


## 여보, 미안해 1

아침식사 준비하러 나왔는데 오늘은 빵이 없다고 밥을 조금 먹으라고 한다. 밥은 싫고 떡을 꺼내 달라고 했다. 아예 밥을 먹을까 했는데 이미 야채, 과일을 다 꺼내 놓았다. 함께 식사하는데 아내가 옆에서 밥과 김치를 먹는다. 내가 "이상하게 아침에 지중해식으로 식사할 때 밥과 김치 냄새를 맡으면 역겹다"고 했다. 나는 아까 식사 준비할 때 밥을 한 숟갈 먹으라고 한 것에 대해 싫다고 한 이유를 말해 주려고 이 말을 꺼냈는데 아내는 그렇게 받아들이지 않는다. "아! 미안해" 하면

서 밥과 김치 그릇을 옆자리로 옮겨서 먹는다. 내 표현 중에 '역겹다'
는 과한 표현이라는 생각이 든다. 냄새가 싫기는 하지만 계속 그러는
게 아니고 뚜껑을 열 때만 그런 건데……. 아내는 자신은 그것도 모르
고 내 옆에서 냄새를 피운 것으로 자책한다. 참 어렵다. 그럼에도 상대
를 배려하는 언어가 아니었음을 인정하고 미안하다.
내 본의는 아니더라도 상대 입장에서 듣기 싫은 얘기는 하지 않아야
함을 다시 배운다. 감사하다. (2022년 1월 2일)

## 여보, 미안해 2

어제 일행과 얘기하고 있는 중에 아내에게서 전화가 왔는데 급한 일
아니면 끊자고 했다. 술도 취한 데다 분위기가 시끄럽고 고조되어서
그렇게 했는데 많이 서운했던 모양이다. 더구나 감기로 몸이 많이 좋
지 않아서 병원에도 다녀오고 그런 얘기를 하려고 했는데 끊으라고
하니 당연히 기분이 상할 수밖에……
전화를 자주 하는 사람도 아닌데 너무 미안했다. 상대의 입장을 살피
는 데 소홀한 것이다. 다시는 이런 일이 일어나지 않도록 할 것을 다
짐한다. 감사하다. (2022년 3월 28일)

## 광순아, 미안해

광순이(옆집 사는 진돗개)가 차가 들어올 때 말고 그냥 찾아오는 경우는 별로 없는데 오늘은 몇 번씩 찾아온다. 눈을 맞추고 고맙다고 하고 내일 다시 오라고 얘기했다.

그동안 내가 광순이를 대했던 태도를 돌아보고 반성했다. 늘 뭔가 먹을 것을 주어야 한다는 강박감이 있어서 먹거리가 없으면 그냥 무시했던 것 같다. 광순이가 꼭 뭔가를 얻어먹으러 온 것만은 아닐 것 같다는 생각이 들었다. 오늘처럼 눈을 맞추고 얘기해 주는 것이 더 중요할 수 있는데……. 앞으로는 그렇게 하면서 간식도 준비했다가 주면 더 좋겠다. 감사하다. (2022년 3월 13일)


## 내가 웃으면 거울이 웃는다

『거울은 먼저 웃지 않는다』의 저자 가네히라 케이노스케의 얘기다. 내가 웃으면 거울이 웃는다. 언제 어디서나 먼저 웃음을 보이는 삶에 대한 화자의 얘기에 관심이 간다. 나를 생각해 봤다. 많이 웃지 않는 사람이다. 의식적으로 웃도록 노력하겠다고 다짐해 본다. 감사하다. (2022년 2월 11일)

# 불만의 시대에서 감사의 시대로

### 언론이 주목한 감사 이야기

# 어머니

쉰아홉 살 박점식이 중학 2학년 때 흑산도에 무장간첩이 나타났다. 조명탄이 터지고 총소리가 요란했다. 이불 속에 웅크리고 있자 어머니가 문에 이불을 씌우고 아들에게 이불을 더 덮어줬다. 그리고 어머니는 이불 밖에서 기도했다. 뭍에서 고등학교 다니던 아들이 방학에 섬 이웃집 염소를 잡아먹곤 시치미 떼고 돌아갔다. 어머니는 아들 하숙방에 찾아와 책을 불살랐다. "내가 경우 바르게 살라고 했냐 안 했냐? 공부는 해서 뭣하냐."

그제 조선일보 '책'면 귀퉁이 두 줄 책 소개에 눈길이 멈췄다. '어머니가 치매에 걸리자 아들은 어머니께 감사한 일을 기록해 나갔다. 700개를 쓸 무렵 어머니는 돌아가셨고 300개를 보태 책에 담았다.' 서점에 가서 박점식이 쓴 '어머니'를 샀다. 홀어머니는 몸이 부서져라 일해 아들을 키웠다. 세무 법인 대표가 된 아들은 새벽 명상까지 하며 기억을 되살려 글을 썼다. 어머니 돌아가시자 700개를 함께 묻어드렸고 5년 만에 1000개를 채웠다.

글들은 짧고 덤덤하지만 세상 모든 아들에게 절절하다. "어머니는 짜장면이 싫다고 하셨다. 아들에게 그릇을 밀어놓았다. 어머니 드시라해도 '난 많이 먹는다' 하셨다." 어머니 모신 마지막 제주도 여행 때 아들은 차를 몰고 맛있는 집을 찾아다녔다. 어머니는 무척 좋아하셨다. 기쁘셨던 진짜 이유는 아들이 운전하느라 술을 마실 수 없다는 것이었다. 아들은 고백한다. "어머니, 내가 잘나 성공한 줄 알았습니다."
(중략)
박점식은 "어머니 글을 쓰며 행복했다"고 했다. 얼굴이 부드러워지고 편안하다는 얘기를 듣는다. 어머니 이야기를 읽고 어머니 이야기를 하며 한 주를 시작할 수 있어 행복하다.

오태진 수석논설위원

(조선일보 2014년 2월 17일)

# '칭찬일기' 통해 직원화합 · 고객신뢰 얻어

## —천지세무법인 박점식 회장

"큰일이다. 이대로 가면 다 망할 텐데. 왜 이렇게 조직을 바꾸기가 힘들단 말인가."

직원 100여 명을 둔 세무법인 경영자로서 나는 지난 몇 년간 조직을 변화시키기 위해 고심했다. 왜냐하면 현재 세무사 업계가 치열한 가격경쟁으로 30년 전보다 오히려 서비스 요금이 떨어졌기 때문이다. 게다가 세무사 업계는 가격을 더 이상 줄일 수 없어 서비스 품질 수준을 낮추는 최악의 선택을 해야 하는 환경으로 내몰리고 있다. 뿐만이 아니다. 전자세금계산서 제도가 도입되면서 세무사 업계에 놀라운 변화가 일어나고 있다.

또한 세무사 업계의 잘못된 대응으로 고객들은 세무서비스 품질 차이를 인정하지 않는다.

나는 이래서는 우리 법인이 망하는 단계를 뛰어넘어 세무사 업계 전체가 위기를 맞게 될 것이라고 생각했다. 나아가 중소기업 경영자는 그들과 가장 가까이 있는 세무사에게 제대로 된 세무·경영컨설팅 서비스를 받을 기회조차 갖지 못할 것으로 생각했다.

그렇다면 이 같은 우리 업계의 잘못된 관행을 어떻게 타파할 것인가. 우리 회사부터 변해보기로 마음먹었다. 제일 먼저 회사 비전을 설정했다. 이를 위해 태스크포스를 구성하고 워크숍 등을 통해 전 직원과 1년간 대토론을 시작했다. 이어 고객이 인정하는 '진정한 일등천지'를 비전으로 설정하고 현재의 가격에서 보다 좋은 양질의 세무컨설팅 서비스를 제공함으로써 '당당하게 고객 마음을 사로잡자'를 미션으로 정했다. 이를 통해 현재 낮은 서비스 수수료에도 불구하고 세무서비스 품질을 높이는 방법을 찾아내 조직을 혁신하자는 결론을 내렸다.

어떻게 열악한 가격 수준에서 서비스 품질을 높일 수 있단 말인가? 나는 회사 시스템을 전면 개편했다. 직원들이 하던 기능적인 업무, 즉 세무데이터를 입력하는 기장업무와 고객 상담업무를 이원화했다. 이를 위해 회사 내에 세무자료 입력업무를 맡는 '입력전담센터'를 별도 부서로 신설했다. 대신에 직원들은 입력된 자료를 활용해 세무컨설팅을 하고 고객을 방문하는 시간을 늘려 고객 애로사항을 청취하도록 했다.

즉 회사 업무를 입력전담업무와 컨설팅전담업무로 나눠 서비스 수준을 획기적으로 높이는 시도를 한 것이다. 그런데 취지와 달리 직원들이 움직이지 않았다. 함께 변하자고 하면서도 정작 직원들은 변화를 거부했다. "직원들 마음을 바꿔야 하는데, 어떻게 그들을 움직이게 할 것인가."

그러던 어느 날 나는 긍정심리학자와 뇌과학자가 공동 집필한 감사에 관한 책을 읽게 됐다. "하루에 다섯 가지씩 3주일간 써 봐라. 그러면 네 자신이 변화한 것을 느끼게 될 것이다. 3개월을 쓰면 다른 사람도 당신이 바뀐 것을 알아보게 될 것이다"는 게 책 내용이었다. 나는 실제 책에서 말한 대로 '감사일기'를 써 내려갔다. 세상 모든 것이 달리 인식되기 시작했다. '감사일기'를 쓰면서 나 스스로 행복을 느끼게 됐다.

나는 손뼉을 쳤다. "바로 이거다. '감사일기'를 쓰는 감사경영을 도입해 보자."

나는 기쁜 마음에 전 직원에게 '감사일기'를 쓸 것을 제안했다. 그리고 한 달 뒤 감사일기를 쓴 사람이 있냐고 물어봤다. 그런데 놀랍게도 아무도 없었다. 실망하고 있던 차에 이번에는 직원들이 감사일기를 작성해 인트라넷을 통해 공유하자고 제안했다. 다음날부터 직원들이 작성한 감사와 칭찬의 글이 업무일지에 올라오기 시작했다.

나는 직원들 태도에 커다란 변화가 일어나고 있음을 직감했다. 서로가 서로를 칭찬하고 감사해 하면서 보이지 않던 벽이 허물어졌다. 진정한 소통이 시작된 것이다. 자신이 가지고 있던 업무에 관한 노하우를 한 직원이 공개하면 다른 직원은 그 직원을 연이어 칭찬했다. 직원들 사이에 업무에 대한 조언도 이어졌다. 나는 이 같은 변화가 '세무사 서비스는 다 똑같다'는 고객들의 고정관념을 깰 수 있다고 믿는다. 나아가 세금계산서, 신용카드, 현금영수증 등에 대한 내용을 완벽하게 분석해 단순 기장이 초래하는 오류를 막고 고객 이익을 높여주는 수준 높은 서비스를 제공할 수 있을 것으로 확신한다.

나는 '감사일기'를 통한 조직 혁신 열기를 고객에게 연결시켰다. 왜냐하면 단순 기장업무가 입력센터로 이관되면서 직원들이 더 많은 시간적 여유를 갖게 됐기 때문이다. 나는 이를 고객서비스 향상으로 연결했다. 3개월 내지 6개월에 한 번 고객을 만나던 직원들이 매달 고객을 만나도록 했다. 그 결과 고객이 진정으로 무엇을 원하는지 정확히 파악할 수 있었다. 칭찬과 감사에 익숙한 직원들은 고객과 더욱 친밀한 관계를 유지하게 됐다.

"세무사가 고객에게 인정받으려면 고객 신뢰를 끌어내는 게 중요하지 않겠는가."
이 같은 생각에 따라 나는 '감사경영'과 함께 '고객 신뢰 확보'를 화두로 제시했다. 고객에 대한 '감사일기'를 쓰면서 직원들은 고객들에게 좀 더 다가서기 시작했다. 최근에는 전 직원이 고객을 대상으로 100

가지 감사를 쓰고 이를 발표하는 행사를 열었다. 이러한 변화에 고객들 역시 우리 직원들 마음을 이해하게 됐다. 자연스럽게 교류하는 시간이 늘고 감사를 공유하면서 서로 신뢰하는 사이가 됐다.

내가 조직을 혁신하는 데 사용한 해법은 '감사'와 '신뢰', 이 두 가지다. 나는 이 두 가지 위력을 경험한 사람으로서 자신있게 '감사일기'를 써볼 것을 권한다. 내년에는 세무사 업계에 큰 변화가 생긴다. 개인사업자들도 전자세금계산서를 의무적으로 발행해야 한다. 세무사 업계는 이러한 변화를 새로운 도약을 위한 기회로 삼아야 한다. 전자세금계산서 덕분에 발생한 여유 시간을 고객서비스 향상으로 전환하는 지혜를 발휘해야 한다.

매일경제 2011년 7월 9일

# 불만의 시대…… '1000가지 감사'를 써내려간 사람

'감사 나눔 운동' 펼치는 박점식 천지세무법인 회장
내게 감사를 가르친 건 치매 걸렸던 어머니와 근위축증 앓고 있는 아들
"가난할 때 꿈꾸었던 풍요 당연한듯 누리며 행복 못 느껴…… 감사 바이러스 필요한 때"
"하루 하나만 감사해도 뇌가 바뀌어…… 나 · 가족 · 사회 변해"
유복자로 태어나 주경야독, 고졸직공서 중견 세무법인 세워
잘나갈 때 아들 · 어머니 병 얻어…… 28일 국회서 '감사 페스티벌'

흑산도 청상과부가 남의 집 품팔이로 외아들을 키웠다. 어머니는 기를 쓰고 뻘밭에서 일해 목포상고 등록금을 댔다.

그런 아들이 여름방학 때 섬에 돌아와 친구들과 짜고 이웃집 염소를 잡아먹었다. 아들은 시치미를 떼고 뭍으로 돌아갔지만, 곧바로 어머니가 아들 자취방에 들이닥쳤다. 어

> **박점식씨가 치매 어머니를 떠올리며 쓴 감사노트**
>
> 1 어머니가 살아계셔서 감사합니다.
>
> 2 어머니 아들이라 감사합니다.
>
> 3 정신이 혼미한 지금도 '내 아들'이라고 알아봐주셔서 감사합니다…

머니는 아들의 책을 불사르며 정신이 번쩍 들게 야단쳤다.

"넘의 염소를 멋대로 잡아묵다니……. 내가 '경우 바르게 살라'고 했냐, 안했냐? 사람이 그런 나쁜 짓을 험시로, 공부는 해서 뭣 하냐!"

그 아들이 박점식(58) 천지세무법인 회장이다. 그는 "어머니(2011년 작고)가 치매에 걸린 뒤 어머니에게 감사한 일 1000가지를 적어 내려가면서, 내가 이만큼 온 게 내가 잘나서가 아니라는 걸 깨달았다"고 했다. 그가 어머니를 떠올리며 쓴 감사 노트는 이렇게 이어진다. "첫째, 어머니가 살아계셔서 감사합니다. 둘째, 제가 어머니 아들인 것에 감사합니다. 셋째, 정신이 혼미한 지금도 '제가 누구냐?'고 물으면 '내 아들'이라고 알아봐주셔서 감사합니다……." 염소 사건 때 호되게 나무란 것도 그가 감사드린 일 중 하나다.

28일 서울 여의도 국회에서 '제1회 감사 나눔 페스티벌'이 열린다. 그리 멀지 않은 과거에 대한민국은 세상에서 제일 비참한 나라 중 하나였다. 온 국민이 잘살아 보자고 노력해 이만큼 왔다. 가난할 때 꿈꾸던 풍요를 당연한 듯 누리면서도, "행복하다"는 사람은 적다. 자살률이 높아지고 이혼율도 치솟고 있다. 절망과 갈등이 우리 사회에 팽배해 있다고 여기는 사람들도 많다.

박점식 천지세무법인 회장의 아들 동훈씨를 보고 의사는 "스무 살을 못 넘길 것"이라고 했다. 그러나 그는 지금 서른을 바라본다. 2년 전부터는 아버지 회사 직원으로 재택근무 중이다. 박 회장은 "자식이 좋은 대학, 좋은 직장에 가길 바라는 부모가 많은데, 거기서 '좋다'는 것이 진짜 행복을 뜻하는지 단순히 '조건이 좋은 것'에 그치는지 한 번쯤 생각해보라"면서 "아들이 긍정적인 마음으로 오래도록 내 곁에 머물러주는 것이 내 희망"이라고 했다. 아들은 "감사하고 행복하다"고 했다.

감사 나눔 운동은 이런 현실에 발목 잡히지 말고, 이를 긍정적으로 극복하자는 시도다. '감사 바이러스'를 우리 사회 곳곳에 파종(播種)하듯 확산시키겠다는 것이다.


박 회장의 경우, 3년 전 "하루 한두 가지씩 공책에 감사하는 일을 적으면, 3주 만에 뇌가 변한다"는 신문기사를 읽고 반신반의하며 감사 운동에 입문했다. 그는 구로공단 고졸 직공으로 출발해 주경야독으로 세무사 시험에 붙었다. 천지세무법인을 창업해 연매출 70억원 규모로 키웠다. 아너소사이어티(사회복지공동모금회에 1억원 이상 개인 돈을 기부한 사람들의 모임) 회원이기도 하다. 어머니, 아내, 아들, 딸, 친구들, 직원들……. 그는 "한 명 한 명을 향해 감사 노트를 쓰면서 남들이 나를 위해 애썼는데 내가 미처 몰랐던 부분이 많다는 걸 새삼 알게 됐다"고 했다.


어머니가 평생 박 회장을 위해 마음 졸인 것처럼, 박 회장도 아들 동훈(28)씨를 애틋하게 키웠다. 동훈씨는 2세 때 희귀병인 근(筋)위축증

진단을 받았다. 박 회장은 어머니에게 "동훈이가 앓는 병을 있는 그 대로 받아들이신 점, 단 한 번도 며느리에게 '손자 하나 더 낳으라'고 하지 않으신 점, 동훈이 몸에 좋은 음식을 열심히 챙겨주신 점에 감 사드린다"고 썼다. 아들을 업어서 등하교시키느라 쉰 살 전에 양쪽 무릎 연골이 모두 상한 아내에게는 "미안하고 감사하다"고 썼다. 부인 이은정(55)씨는 "저 혼자 감내했다고 생각했는데, 남편이 다 알고 있었다는 걸 알고 모든 서운한 감정이 눈 녹듯 사라져 신기하고 행복했다"고 말했다.

박 회장은 회사에도 '감사경영'을 도입했다. 전 직원이 각자 감사 노트를 쓰다 보니 차츰 회사 분위기가 달라졌다. 한 여직원은 "일과 육아로 지쳤을 때 남편을 위해 감사 노트를 쓰다 보니 부부 관계가 좋아

박점식 천지세무법인 회장의 아들 동훈씨를 보고 의사는 "스무 살을 못 넘길 것"이라고 했다. 그러나 그는 지금 서른을 바라본다. 2년 전부터는 아버지 회사 직원으로 재택근무 중이다. 박 회장은 "자식이 좋은 대학, 좋은 직장에 가길 바라는 부모가 많은데, 거기서 '좋다'는 것이 진짜 행복을 뜻하는지 단순히 '조건이 좋은 것'에 그치는지 한 번쯤 생각해보라"면서 "아들이 긍정적인 마음으로 오래도록 내 곁에 머물러주는 것이 내 희망"이라고 했다. 아들은 "감사하고 행복하다"고 했다.

겼다"고 했다. 박 회장은 "감사한 일을 하나씩 적다 보면, 저절로 지난 날을 돌아보게 된다"면서 "자기를 성찰하고 상대방을 이해하면, 그 마음이 상대방에게 전해져 자연스럽게 관계가 변하고 일도 잘된다"고 했다.

"과거에는 '잘살아보자'고 이를 악물면서도, 마음속으로 정말 이루고 싶은 가치는 물질 자체가 아니라 도덕·정·이념·가족이었어요. 또, 동네마다 다들 못살고 한두 집만 잘사니까 차이를 받아들이기도 쉬웠고요. 지금은 달라요. 산업화 과정에서 우리 모두 물질을 모든 가치의 중심에 놓게 됐어요. 격차가 크게 벌어졌을 뿐 아니라, 가만히 보면 돈을 번 과정이 투명하지 않으니 화가 솟지요. 감사 나눔 운동은 불합리한 것을 그냥 받아들이라는 운동이 아니라, 자기를 성찰하고 상대를 이해하자는 운동이에요. 지금 대한민국에 꼭 필요한 운동이지요."

조선일보 2013년 1월 26일

# "당뇨야 고맙다"

감사 효심이 당뇨 완치까지 이어져 …… 천지세무법인 박점식 회장

'드디어 올 것이 왔구나.'

2017년 7월 4일, 서울성모병원에서 건강검진을 받고 결과를 듣는 날이었다. 의사 선생님이 심각한 표정으로 당뇨 증세가 심각하다고 말씀하신다. 식전 혈당이 202, 당화혈색소가 8.2로 당장에 약물치료와 식이요법, 운동요법을 병행해야 한단다.

놀라고 걱정을 해야 할 그 순간 이상할 정도로 평온하고 담담하게 선생님의 얘기를 듣는 나를 발견한다.

물론 전혀 예상 못했던 것이 아니어서 '드디어 올 것이 왔구나'라는 느낌과 함께, 이제는 더 이상 도망갈 수 없는 상황이 만들어졌고, 그동안 미뤄왔던 '생활의 변화를 만들 수 있는 좋은 기회가 왔다'는 생각이 들었다.

다음 날 병원에서 당뇨 교육을 받았다. 운동과 식이요법을 어떻게 할 것인지 공부하고 실천하기로 다짐했다.

## 만보 걷기

우선 하루에 만보 걷기를 습관화하기로 했다. 가능하면 매일 아침 한 강공원에 나가서 6km 정도를 걷고 공원에 설치된 운동기구로 근육 운동을 했다. 즐기던 술도 한 자리에서 두세 잔으로 마무리했다.

날마다 정해 놓고 열심히 운동하는 것도 중요하지만 운동을 습관화 하는 것이 더 중요하다고 생각했다. 그래서 이제까지 해오던 나쁜 습 관을 고쳐나가는 데 더 신경을 썼다.

집에 들어가면 소파에 앉아서 TV 보던 습관도 버렸다. 이제는 집에 가 면 가만히 앉아 있지를 않는다. 실내 사이클과 승마기를 타면서 TV 시 청을 한다. 남는 시간은 제자리 뛰기를 하거나 집안을 걸어 다닌다.

이 습관은 이제 어디를 가나 마찬가지다. 약속시간에 빨리 나가면 그 주변을 돌아다니거나 약속장소 2,3km 전에 내려서 걸어간다. 집에서 반경 4km 정도의 장소에서 약속이 있으면 집에 먼저 들러 신발을 편 하게 갈아 신고 걸어서 간다.

소설가 김주영은 "아들딸 수능시험 잘 보게 해달라 고 백일기도 하는 어머니 는 많이 보았다. 그러나 자 식이 어머니에게 일천 가 지 감사를 바쳤다는 이야 기는 처음듣는 일이다"라 고 말했습니다.

공항에서도 탑승시간까지 남은 시간은 공항 안을 걸어 다닌다. 과거에는 라운지에서 탑승시간을 기다렸지만 운동을 시작한 후로는 라운지에 갈 일이 없어졌다.

제주공항에 도착해서도 과거에는 내 차가 있는 장소까지는 '한 번의 예외도 없이' 택시를 이용했지만 이제는 4km 정도의 거리를 걸어 이동하기도 한다. 지하철 이용도 거의 없었는데 이제는 자주 지하철을 이용한다. 이렇게 틈만 나면 걷다보니 그동안 보이지 않던 것들이 눈에 들어오기 시작했다. 새로운 정보를 많이 얻게 된다. 덤으로 얻은 수확이다.

## 감사경영 CEO

이러한 나의 변화가 순전히 내 의지로만 가능했을까? 생각해 봤다.

나는 매년 연말이 되면 지난 1년간 하루도 빠짐없이 써온 감사일기를 꼼꼼하게 읽어보는 시간을 가진다.

재미도 있고, 벌써 까맣게 잊어버린 사건들을 보면서 '이런 일이 있었나?' 하며 점점 감퇴해 가는 기억력의 문제를 걱정하기도 하고, 슬기롭게 정리한 일들을 보면서는 스스로 대견해하기도 한다. 이렇게 지난 시간을 돌아보면서 많은 영감을 얻는다.

작년 연말에도 1년 동안의 감사일기를 읽다가 깜짝 놀랐다.

새까맣게 잊고 있었는데 작년 7월 건강검진 전에 이미 입안이 자주 마르는 등 몸에서 일어나고 있는 이상 상태를 감지하여 걱정하고 있었고, 그래서 출근길에 회사 근처에서 미리 내려 걸어가는 등 조그마한 변화를 시도하고 있었다. 그러나 그것은 걱정에 대한 스스로의 위안책이었을 뿐 본격적인 변화를 만들어내지는 못했고 나중에는 그런 사실조차도 다 잊어버렸던 것이다.

큰 병에는 반드시 전조 증상이 있다고 하는데 우리는 그것을 애써 무시하곤 한다. 그래서 미연에 예방할 수 있는 병을 키우게 된다. 나에게도 그런 기회가 있었지만 심각하게 받아들이지 않았고 그런 사실이 있었는지조차 잊고 지냈던 것이다.

한편, 아무리 당뇨 판정을 받았다 해도 나에게 원래 이런 모습이 있었나 생각해 보았다. 걱정하기보다 그 사실을 오히려 즐기고 있는 나 자신을 보았기 때문이다. 스스로 놀랐다.

## 무엇이 나를 이렇게 바꿔 놓았을까?

결론은 '감사'였다. 원래, 나는 무슨 일이든 깊게 몰입하는 사람이 아니다. 이윤환 이사장의 저서 『불광불급』의 뜻처럼 미치지 않으면 미치지 못한다는데 나는 그렇지 못한 사람이다. 이것저것 다방면에 취미를 가지고 시도는 하지만 금방 시들해지고 깊이 들어가거나 지속적으로 해본 일이 별로 기억에 없다. 음주만 빼고……

## 마음건강 몸건강

그런 내가 최초로 오랜 시간 지속적으로 하고 있는 것이 감사일기 쓰

기다. 어쩌면 감사일기 쓰기도 오래지 않아 중단했을지도 모른다.

그러나 감사경영을 도입한 천지세무법인의 리더로서의 책임감이 있었기에 버텨 나갈 수가 있었고 많은 세월이 지나면서는 책임감과는 상관없이 습관으로 몸에 배게 되었던 것이다.

감사운동에 동참하면서 우이당 선생님을 만나게 되었고 몸건강과 마음건강은 함께 가야 할 길임을 배우면서 구체적으로 좋은 생활습관을 하나씩 만들어가고 있다.

매일 아침 일어나면 입안을 헹구고 따뜻한 물 한 컵을 마신 후 발끝치기와 정안기공을 하루도 빠짐없이 하고 있다. 소금양치와 소금물로 코청소, 철봉에 매달리기, 방석운동 등을 완전하게 생활습관화하고 있다.

이 또한 결코 쉽지 않은 일인데 잘 해나가고 있다. 스스로가 생각해도 대견해서 나에게 원래 이런 면이 있었나 자문해봤다.

감사일기 쓰기가 나를 바꿔놓았다는 결론을 얻었다. 감사일기를 쓰면서 늘 스스로를 돌아보며 칭찬도 하고, 감사도 하고, 어떤 때는 질책도 하고 반성도 하면서 마음의 근육을 키워왔다. 이런 시간을 지나오면서 내 몸안에 무슨 일이든 하겠다고 마음만 먹으면 해낼 수 있다는 자신감과 실천에너지가 축적되어 왔다는 생각이 든다.

**"뭣이 중헌디? 뭣이 중허냐고?"**

감사일기 쓰는 습관은 '감사쓰기의 지속적인 실천이 의지력 박약하고 나약한 사람을 독하다고(?) 평가 받는 사람'으로 바꿔 놓았다.

결코 독해서 할 수 있는 일이 아니고 영화 '곡성'의 명대사 "뭣이 중헌디? 뭣이 중허냐고?"처럼 살아가면서 정작 무엇이 소중한지 깨달아 가고 스스로를 컨트롤 할 수 있는 마음의 여유가 생긴 때문으로 생각된다.

당뇨 판정을 받고 나서 7개월 만에 당화혈색소가 8.2에서 5.6으로 돌아와 정상 판정을 받았다.

진료 과정에서 선천적으로 췌장에서 인슐린을 분비하는 기능이 약하다는 것을 알게 되었고 따라서 완치 판정 받았다고 다시 과거의 습관으로 돌아가면 문제가 생길 수밖에 없단다.

이 또한 얼마나 감사한 일인가?

지속적으로 좋은 습관을 유지해야만 한다는 것은 당뇨뿐 아니라 몸 전체의 건강에 좋은 영향을 줄 수밖에 없으니 너무나 감사한 일이다.

이렇게 작년에 나를 찾아온 당뇨 덕분에 많은 것을 깨달을 수 있었고 좋은 습관까지 갖게 되었다. 이 변화의 원천이 감사였음을 뒤늦게 알면서 새삼 '감사'와의 만남에 감사하고, 몸건강의 소중함과 좋은 생활 습관을 알려주신 우이당 선생님께도 감사의 말씀을 전하고 싶다.

"당뇨야 고맙다"

감사나눔신문 2018년 3월 14일

# 감사쓰기는 나를 찾아가는 여정

'감사를 매일 5개 이상씩 3주일을 쓰면 내 자신이 긍정적으로 변화하는 것을 느낄 수 있고, 3개월을 쓰면 남이 내가 변화하는 것을 알게 된다.' 변화를 모색하던 시절 구세주처럼 다가온 이 말을 접하면서 쓰기 시작한 감사일기와 감사편지의 개수가 벌써 6만 개를 넘어선 듯하다. 이 시점에서 내가 감사를 써 왔던 과정을 되돌아보니 여러 단계를 거치면서 진화하고 주변에도 영향을 미쳤던 것 같다.

시작 단계에서는 대상에 대한 감사, 행위에 대한 감사만으로도 내 자신이 뿌듯했고 즐거웠다. 그래서 주변에 감사쓰기의 효과를 소개하고 함께 하자고 권유하기 시작했다.

시간이 지나면서 자연스럽게 감사에 대한 나의 생각이 진화하고 있음을 느꼈다. 주변에 너무나 감사할 일이 많다는 것을 알게 된 것이다. 당연하다고 생각했던 많은 일들이 얼마나 감사한 일인지 알게 되었고, '재수 없네. 왜 이럴까?' 했던 일들이 '그만하기 다행'이라거나 '그럼에도 불구하고 감사한 일'로 받아들여지게 되었다.

감사쓰기가 습관이 되면서 감사일기의 내용이 점차 구체화되고 풍부
해졌다. 글을 쓰는 과정에서 미처 생각지 못했던 감사한 일이 발견되면
서 스스로 놀라기도 하고, 이런 소중한 감사를 생각해 낼 수 있음에 행
복해하기도 했다.
모든 문제를 상대의 입장에서 바라보기 시작하면서 갈등의 원인을 상
대에서 찾기보다는 내 안에서 찾기 시작했다. 그 결과 가까운 사람들과
의 사이에서 발생한 갈등의 상당 부분은 내가 가진 기대감 때문이었음
을 알게 되었다.
내가 가진 기대치에 미치지 못할 때 여지없이 짜증이 묻어나고 그것을
그대로 상대에게 전달했음을 알게 된 것이다. 그런데도 나는 그 불만을
말하지 않았다고 스스로 대견해하면서 인격자인 양 착각 속에 살고 있

었던 것이다. 상대에게는 이미 상처를 주었으면서도……. 이런 갈등의 원인이 제거되자 주변 사람들의 행동이 감사로 다가오기 시작했다.

아이나 배우자 또는 고객에게 100 감사를 쓰면서 은연중에 기대감을 가지고 있는 분들을 보게 된다. 자기가 쓴 100 감사를 읽어 보고 감동해서 상대방이 자기가 원하는 방향으로 변화해 주기를 바라는 마음이 있는 것이다. 그러다 기대에 미치지 못하면 '감사쓰기도 별 효과가 없네' 하며 실망하게 된다.

그러나 감사는 상대를 변화시키는 수단이 아니다. 감사는 나를 찾아가는 기쁨의 과정이어야 한다. 상대의 긍정과 부정을 모두 아우르는 마음, 즉 나 자신의 내면의 불균형을 바로잡아 주는 과정인 것이다.

감사쓰기를 통해서 만들어진 이런 균형 잡힌 생각의 파동이 주변 사람들에게 여과 없이 전달될 때 그 진정성이 신뢰를 형성하고 행복의 바이러스를 만들어 내는 것이라고 믿는다.

감사하게 해 주셔서
감사합니다

제가 어머니에 대한 1000 감사를 쓰지 않았다면

이렇게 소중한 것을 전혀 모른 채

인생을 마무리할 수도 있었다는 생각이 듭니다.

저를 이 길로 인도해 주신 것도 어머니입니다.

아마 1000 감사를 몰랐다면

저의 감사 실천도 아주 더디었을 겁니다.

1000 감사가 저의 감사 실천에 기폭제 역할을 했습니다.

어머니의 사랑은

저에게서 그치지 않고 더 널리 퍼져 갈 것입니다.

가장 가까이에 있는 어머니의 손주들과 며느리에게

먼저 전달될 것입니다.

저와 가까운 친구들도 이제 감사로 무장하고 있는 중입니다.


어머니, 사랑은 나눌수록 커진다는 것을 실감합니다.

더 많이 나눌 수 있도록 해 주세요.

고대 로마 철학자 키케로는 "감사는 모든 미덕의 어머니"라고 말했습니다. 감사쓰기를 통해서 기업, 조직, 개인이 변화하는 과정을 수없이 지켜봤는데, 감사쓰기 최고의 대상은 역시 어머니일 겁니다. 치매에 걸린 어머니에게 눈물로 1000가지 감사를 써 내려간 지은이의 시도는 감사운동에 나선 사람들의 귀감입니다. 산문으로 쓰여진 1000가지 감사가 한 권의 책으로 엮이면서 운문으로 거듭났네요. 마지막 장에 등장하는 '또 한 사람의 어머니'는 감동과 반전의 드라마였습니다. 감사의 진정성과 솔선수범의 정수가 녹아 있는 이 책을 통해 좀 더 많은 사람들이 감사의 시심(詩心)에 눈떴으면 좋겠습니다.
**김용환** _ 감사나눔신문 대표

표현은 짧고 소박하지만 저자는 마치 자기 살점을 하나씩 떼어 내듯 또박또박 글을 썼다. 한 어머니가 내 몸의 일부이고, 내 인생의 역사인 줄을 감사편지가 아니었다면 어떻게 이렇게 절절히 알 수 있었을까?
책에서 만난 저자의 어머니는 돌아가신 후에도 아들을 키워 내고 있는 듯 강력하고 생생하다. 감사란 생각을 넘어 글을 쓰는 몸짓을 통해 실체가 된다는 증거를 보여 주는 책이 될 것이다.
**김효선** _ 여성신문 대표

가난한 섬마을 소년이 자라 기업인이 되었다. 참 행복을 찾아 방황하다가 감사를 만났고, 병으로 쓰러지신 어머님을 위해 1000 감사를 쓰기 시작했다. 오늘의 나를 만든 것은 삶의 마디마디에 서려 있는 어머님의 지극한 사랑의 힘이었음을 깨달으며, 어머님에 대한 절절한 감사의 마음이 감동이 되고 한 편의 시가 되어 뜨거운 감사의 파동으로 전달된다. 내가 변하여 행복해지고 가족과 이웃을 행복하게 만들고 싶은 분들, 감사의 기적을 함께 나누기 원하는 모든 분들께 권하고 싶다.
**손욱** _ 행복나눔125운동본부 회장

지은이를 가까이에서 지켜보면서 '감사하면 행복해진다'는 말을 실감한다. 그는 만날 때마다 점점 더 얼굴이 밝아진다. 1000 감사를 쓰는 동안에는 어머니가 등 뒤에서 안아 주시는 듯한 뿌듯한 감정을 느꼈다고 한다. 행복은 전염된다고 했던가. 이 책을 읽으면서 나도 가슴이 뿌듯했다.
**허남석** _ 포스코경영연구소 감사경영추진반 사장

# 어머니, 내 어머니

초판 1쇄 발행 | 2022년 5월 20일
초판 3쇄 발행 | 2023년 7월 7일

지은이 | 박점식
펴낸이 | 이성수
주간 | 김미성
편집장 | 황영선
편집 | 이경은, 이홍우, 이효주
디자인 | 여혜영
마케팅 | 김현관
펴낸곳 | 올림
주소 | 07983 서울시 양천구 목동서로 77 현대월드타워 1719호
등록 | 2000년 3월 30일 제2021-000037호(구:제20-183호)
전화 | 02-720-3131 | 팩스 | 02-6499-0898
이메일 | pom4u@naver.com
홈페이지 | http://cafe.naver.com/ollimbooks

ISBN 979-11-6262-054-0 03810